十七音の可能性

岸本尚毅

角川俳句ライブラリー

はじめに

俳句のどこが面白いのでしょうか。わずか十七音の言葉の塊ですが、そこには何かを作るさいの創意工夫の楽しさがあります。作品を生み出すときの面白さは、偉大な芸術家も、趣味的な愛好家も変わるところはありません。誰であっても、言葉をうまく並べれば、名句を得る可能性があります。俳句の前に人は平等です。私たちは、いま目の前に現れようとしている一句を少しでもよいものにするため、表現にこだわります。その点は、芭蕉も、子規も、誰もが同じです。

俳句に対する興味が増してくると、自分の作品だけでなく、他人の作品が気になってきます。現代の俳人はどんな句を作っているのだろうか、蕪村や虚子など教科書に載っている有名な俳人の「名句」を味わってみようか、と。他人の句を読むのは、半ばは自分の句作の参考にしたいという動機かもしれませんが、読むこと自体にも面白さが感じられてきます。とくに明治以降は、自由律、客観写生、新興俳句、人間探求派、社会性俳句、前衛俳句など、新しいタイプの俳句がどんどん登場しました。そこには俳句表現のめまぐるしいイノベーションの歴史があります。

俳句には、一句一句の表現の細部に宿るミクロ的な面白さと、俳句表現史の多様な展開というマクロ的な面白さがあります。本書は主に近現代に焦点を当て、ミクロとマクロの両側面の橋渡しを試みます。

本書の執筆にあたっては、三つの点に意を用いました。

第一に、個々の作品を一字一句にこだわりながら、なるべく詳細に読むことに努めました。一語一語をつぶさに見ていくと、秀句には秀句ならではの言葉の仕掛けがあることがわかります。

第二に、俳句表現の間口の広さを反映すべく、なるべく多様な作品を取り上げることに努めました。

第三に、俳句の多様さが歴史の所産であることに意を用いました。

本書が、俳句表現史のダイナミズムを感じていただくための手引きになれば幸いです。

目次

第一章　近現代俳句の多様化

俳句は短い

俳句とはどんな詩でしょうか。五七五の十七音。こんなちっぽけな詩に何が詠《うた》えるのか。この短さをどうするのか。どう生かすか。そう問い続けることが俳句の歴史でした。本書では、俳句という極小の詩形の限界に挑んだ近現代の俳人の作品を取り上げ、俳句表現の可能性を探ります。

そもそも、五七五の俳句はどのように発生したのか。その点について頭の整理を試みます。日本人に親しまれてきた和歌（短歌）は五七五七七の三十一音。この長さでどれほどのことが言えるでしょうか。「ある土曜、私がバスに乗ったときその青年と偶然会った」。これで三十一音。十七音だと「ある土曜、私はバスに乗っていた」としか言えない。

三十一音と十七音を比べましょう。

秋来ぬと目にはさやかに見えねども風の音にぞおどろかれぬる　藤原《ふじわらの》敏行《としゆき》

秋来ぬと目にさや豆のふとり哉《かな》　大伴《おおとも》大江丸《おおえまる》

冬山の青岸渡寺《せいがんとじ》の庭にいでて風にかたむく那智の瀧みゆ　佐藤《さとう》佐太郎《さたろう》

神にませばまこと美《うる》はし那智の瀧　高浜《たかはま》虚子《きょし》

最上川逆白波《さかしらなみ》のたつまでにふぶくゆふべとなりにけるかも　斎藤《さいとう》茂吉《もきち》

山川に高浪も見し野分かな　原《はら》石鼎《せきてい》

俳句は不自然なまでに短い。これほど短い詩がどのように生まれたのでしょうか。

十七音の言葉の塊

俳句は十七音です。わずか十七音の言葉の塊が、創作および鑑賞の単位として、一個の独立した作品として扱われています。

俳句の五七五は、短歌の上の句と同じ形です。「うき雲にほの三日月のまゆごもりいぶせくもあるか秋の遠山　正徹《しょうてつ》」の上の句（傍点部）は三日月という秋の季語があり、形の上では俳句となり得ます。しかし五七五の言葉の塊が一句独立の俳句となるまでには長い歳月を要しました。万葉集から芭蕉《ばしょう》まで千年。短歌の上の句が俳句になったというような単純な話ではありません。「春過ぎて夏来にけらし／白妙の衣ほすてふ／天の香具山　持統《じとう》天皇」は五七調です。切れ目に／を入れました。この歌の中に五七五の言葉の塊はありません。

三十一《みそひと》文字《もじ》よりさらに短い十七音が、単独の作品として世に現れたのは、連歌という形式においてです。

雪ながら山もと霞む夕べかな（発句《ほっく》）　宗祇《そうぎ》
行く水遠く梅匂ふ里（脇句《わきく》）　肖柏《しょうはく》
川風にひとむら柳春みえて（第三《だいさん》）　宗長《そうちょう》
舟さす音もしるき明け方　宗祇
月やなほ霧渡る夜に残るらん　肖柏
霜置く野原秋は暮れけり　宗長
鳴く虫の心ともなく草枯れて　宗祇
垣根をとへばあらはなる道　肖柏

「水無瀬三吟百韻《みなせさんぎんひゃくいん》」という連歌の冒頭です。この連歌は室町時代の長享《ちょうきょう》二年（一四八八）に成立したといわれます。

連歌は、複数の作者が五七五と七七の句を交互に付けて行く連詩です。百句で完結する百韻、三十六句で完結する歌仙《かせん》などの形式があります。連歌は、前後の句が共鳴し合いつつ、五七五と七七の句が連鎖状につながって出来上がります。その過程で生まれる各句は、前後の句と情景を共有・補完し合うとともに、一個の極小の定型詩として完結しています。たとえば「鳴く虫の心ともなく草枯れて」とその前後の句は、秋から冬への移ろいを絵巻のように見せますが、その句単独でも秋の名残の「鳴く虫」と冬の兆しの「草枯れ」との重層的な季節の相が詠み込まれ、一幅の小品となっています。

短歌の上の句である五七五は、一首の短歌のいわば上半身です。半身であって、全身ではない。連歌の各句は一巻の連句の部分ではあるものの、一句で全身でもある。たとえば前掲の連歌の第三の「川風にひとむら柳春みえて」は、発句と脇句に続いて連歌の座に現れます。連歌の付句は、前の句の景からの継承と転換を考えながら、一個の独立の句として詠まれ、吟味されます。百韻の連歌の座に連なる連衆は、一巻を通じ、百句の独立した作品と相まみえることになるのです。

とくに巻首の「雪ながら山もと霞む夕べかな」には霞《かすみ》という春の季語があり、切字《きれじ》の「かな」があり、いかにも俳句的です。この句は発句として、まだ白紙状態の連歌の座に現れました。その後、脇以下の付句が付いて一巻の連歌となっていくわけですが、発句が発句として現れた瞬間においては、連歌の座に居並ぶ連衆の前に、五七五の言葉の塊が忽《こつ》然《ぜん》と現れたわけです。その発句は、さながら一個の俳句のように人々の目に映ったことででしょう。

発句ではない長句《ちょうく》の「川風にひとむら柳春みえて」「月やなほ霧渡る夜に残るらん」「鳴く虫の心ともなく草枯れて」はそれぞれ季語があり、形の上では俳句と言えますが、句の調子は和歌的です。句末の「春みえて」「草枯れて」は次の句につながって行く形です。「古池や蛙《かわず》飛こむ水のおと」のような真正の俳句（発句）と比べると、付句の長句は連歌の一部品との印象は否めません。十七音単独で成り立つ詩形のルーツは、連歌の長句と言っただけでは不十分です。さらに限定して、発句と言うべきでしょう。

文学史的厳密さはさておき、ここで申し上げたいのは、古典詩歌の主要な単位である五七五七七の一部である五七五の「句」が、一個の創作・鑑賞の単位として一句独立の俳句となった、ということです。「句」は片言隻句の「句」です。文法でいう句は文の一部、すなわち一文をなすに足らない短い言葉の塊です。俳句の「句」には、一個の作品として一人前のサイズではない、完全な姿ではない、という含意があるのではないでしょうか。

俳句の俳

では、俳句の「俳」はどこから来たのか。「水無瀬三吟百韻」から芭蕉俳諧《はいかい》まで二百年。

五七五という形は見えて来たものの、それが「俳」という色合いを帯びるにはさらなる文学史的展開が必要でした。

「水無瀬三吟百韻」で見た通り、連歌の言葉はすべて和語です。それも、雪、梅、川風など、いわゆる雅語です。ところが、時代が下ると次のような作品が現れます。

鳶《とび》の羽も刷《かいつくろい》ぬはつしぐれ　去来《きょらい》
一ふき風の木の葉しづまる　芭蕉《ばしょう》
股《もも》引《ひき》の朝からぬるゝ川こえて　凡兆《ぼんちょう》
たぬきをおどす篠《しの》張《はり》の弓　史邦《ふみくに》
まいら戸に蔦這《はい》かゝる宵の月　芭蕉
人にもくれず名物の梨　去来

『猿蓑《さるみの》』所収の連句「鳶の羽も」の冒頭です。「股引」という俗語、「名物」という漢語が使われています。連句は、連歌と同じ形式ですが、俗語や漢語（いわゆる俳言《はいごん》）を取り入れました。その点が連歌と違います。

『猿蓑』は芭蕉俳諧の代表的な作品集の一つで、発句篇《へん》・連句篇・俳文から成ります。芭蕉の「初しぐれ猿も小簔をほしげ也《なり》」は発句篇に、連句に属さない単独の発句として収録されています。「梅若菜まりこの宿《しゅく》のとろゝ汁」は連句篇に、歌仙「梅若菜　その一」の発句として収録されています。

　今日、私たちが俳句と称する句、すなわち季語を伴う五七五の定型詩は、芭蕉の時代には発句と称され、一句が独立して創作・鑑賞の対象となるものの、本来的には連句の一部品とみなされていました。

　俳句はその生い立ちからして、自然発生的に一句独立の形式として現れたものではありません。俳句は、連句から引き剝《は》がされた発句です。俳句という形式の持つ宿命、すなわち、短さに起因する不自然さ、不自由さ、不完全さは、その発生の経緯に胚胎《はいたい》します。

一句独立の俳句へ

　近世までは俳句すなわち発句でした。発句である以上、連句という母胎と臍《へそ》の緒でつながっています。俳句は、現れることのない脇以下を永遠に待ち続ける発句だと言ってもよいでしょう。

　俳句の本質を発句と見る俳句観に立てば、季語や切れは、発句らしさとして説明されます。連句の発句は客が詠み、脇は亭主が詠む。これが主客の挨拶《あいさつ》であるわけですが、俳句の持つ挨拶性も、連句由来の性質として説明されることになります。一方、連句との臍の緒を切り、俳句の本質を純短詩と捉《とら》えることも可能です。詩歌を自由詩・定型詩に分類し、俳句は短歌・川柳と並ぶ定型詩の一種だとする教科書的俳句認識はこのような俳句観と馴《な》染《じ》みます。

正岡子規《まさおかしき》（一八六七〜一九〇二）の俳句革新以降、百年以上たちますが、近現代の俳句表現の展開は、新傾向俳句、花鳥諷詠《ふうえい》と客観写生、新興俳句、人間探求派、社会性俳句、前衛俳句など、めまぐるしいものがあります。このような俳句史のダイナミズムは、発句と純短詩という二つの俳句観から説明することが可能です。

「俳句革新」と写生

子規の俳句革新は、有季定型という発句の形は維持しつつ、実質的には一句独立の短詩を目指すものでした。子規は、絵画とのアナロジーで写生という方法を提唱しました。一枚の絵画は一個の独立した作品です。これと同じことを一句の俳句で行おうとしたのです。たしかに、スケッチのような簡単な事柄は十七音で描けます。たとえば、

鶏頭の十四五本もありぬべし　正岡子規

は、スケッチ的な簡潔さを特徴とする秀品です。しかし、もっと多様な写生は可能でしょ

うか。俳句における写生の問題は、子規に始まり、高浜虚子（一八七四〜一九五九）が提唱した客観写生を経て、その後の俳句に尾を曳《ひ》いています。多くの俳人が写生に挑戦しました。その結果、俳句の短さを逆手にとった秀句が生まれました。たとえば、

火を投げし如くに雲や朴《ほお》の花　野見山朱鳥《のみやまあすか》

は鮮やかな直喩《ちょくゆ》を用いた写生句です。

鴨渡る明らかにまた明らかに　高野素十《たかのすじゅう》

は、ものを描くことなく、一切を読者の想像に委《ゆだ》ねた逆説的な写生かもしれません。

これらの句は、短い俳句によってどのようにものを描くか（描かないか）という問に対する答となっています（「写生」については、第五章で取り上げます）。

純粋短詩としての自由律

子規の純短詩志向を尖鋭《せんえい》化したのが河東碧梧桐《かわひがしへきごとう》（一八七三〜一九三七）です。碧梧桐の率いる新傾向俳句運動は明治俳壇を席巻《せっけん》し、その過程で、発句性を否定した自由律の秀品が生まれました。

墓のうらに廻る　尾崎放哉《おざきほうさい》

には定型も季語もありません。しかし多くの人がこれを俳句とみなします。他方、八木重《やぎじゅう》吉《きち》の「鉛《なまり》と　ちようちよ」と題する「鉛のなかを／ちようちよが　とんでゆく」（『秋の瞳《ひとみ》』新潮社）という十六音の詩を俳句とよぶ人はいません。自由律作品の持つ俳句性とは一体何なのでしょうか（「自由律俳句」については、第八章で取り上げます）。

高浜虚子の俳諧性

自由律が席巻した俳壇を、有季定型に引き戻したのが虚子です。虚子の率いる「ホトトギス」は大正期以降、有力俳人を多数輩出しました。

多様な作家群を束ねた虚子の俳句観は、子規までの俳句史を総合するものでした。虚子のいう客観写生は、子規の俳句革新の継承でした。虚子が最も重視した俳句理念である花鳥諷詠は、季語（季題）を俳句の中心に据えました。

季語の重視は発句性の復活とも見えます。しかし虚子自身の作品には付句（連句における発句以外の句）に近い文体のものが多い。挨拶句も多い。虚子は、門下の俳人に俳諧（連句）の勉強を奨励しました。子規の革新が俳諧を切り捨てたことによって失われたものを、俳句に取り戻すという発想は、虚子の頭の中にあったと思います。もっと言えば、発句のみならず様々な付句を含む連句の世界を、俳句という形で再現しようとしたのかもしれません。終戦の「詔勅を拝し奉りて。朝日新聞の需《もと》めに応じて」詠んだ、

敵といふもの今は無し秋の月　高浜虚子

は一種の挨拶です。敗戦という一大事を俳諧の器で受け止めようとしたものです（「挨拶」を含む虚子の試みについては、第十三章で取り上げます）。

有季定型の現代的展開

水原秋櫻子《みずはらしゅうおうし》（一八九二〜一九八一）の「ホトトギス離脱」に始まる昭和の俳句史は、有季定型を俳句の基本形と認めた上で、新たな表現の可能性を模索する形で展開しました。新たな文体がいくつも現れましたが、少なくとも、俳句が五七五の詩であるという認識は定着しています。たとえば、

木にのぼりあざやかあざやかアフリカなど　阿部完市《あべかんいち》

は、自由な調べに遊んだ句ですが、「木にのぼり／あざやかあざやか／アフリカなど」と

区切って読めば、そこに五七五の面影はあります。
俳句が一個の独立したジャンルとして確立すると、俳句を唯一の表現手段とし、あらゆることを俳句で表現しようとする俳人が現れます。たとえば悲憤慷慨《こうがい》を、詩や歌ではなく、句で表現しようとするのです。

金魚手向けん肉屋の鉤《かぎ》に彼奴を吊り　中村草田男《なかむらくさたお》

の憤激と、金魚という季語がどう関わるのでしょうか。

四肢へ地震《ない》ただ轟《ごう》轟《ごう》と轟轟と　高野《たかの》ムツオ

のように、季語のない俳句もあります。

天に手の昏《く》れ残りゐる冬野かな　河原枇杷男《かわはらびわお》

のように、超現実的なイメージに季語を取り込んだ句もあります（このような俳句の多様な展開については、第七章、第九章、第十一章で取り上げます）。

俳句は「言葉」

発句を俳句とみなすことから出発した近現代の俳人は、この百年あまり、一句独立の詩としての俳句の完成度を極めることに腐心して来ました。意匠は様々ですが、その根っこにあるのは、俳句は言葉であるという認識です。

新興俳句の端緒は、水原秋櫻子の「ホトトギス」離脱にあるわけですが、

葛飾や桃の籬《まがき》も水田べり　水原秋櫻子

のように、秋櫻子の描く風景の多くは必ずしも眼前の景の写生で得られたものでなく、回想の中のイメージを言葉によって再構成したものでした。

言葉そのものから立ち現れて来るものが俳句だという真理は、芭蕉や蕪村《ぶそん》以降のあらゆる名句にあてはまります。このことを尖鋭に自覚した現代俳人の一人が飯島晴子《いいじまはるこ》です。たとえば、

天網は冬の菫の匂かな　飯島晴子

は、景を言葉に置き換えた結果ではなく、言葉が景を導いているように思えます。あるいは、

南国に死して御恩のみなみかぜ　攝津《せっつ》幸彦《ゆきひこ》

は、「南国に死して御恩」の示唆する事象（太平洋戦争における南方戦線の戦没者）をナマの事柄として述べるのではなく、「みなみかぜ」という言葉を通し、詩語の世界のものとして提示しました。俳句は言葉だという割り切りが、現代の俳句にさらなる自由さ、多様さをもたらしています（秋櫻子以降の俳句刷新の動きについては、第六章で触れます。また「言葉としての俳句」の問題については、第十章、第十二章で取り上げます）。

第二章　ひらめきの瞬間――比喩の達人

言葉で物を描く、ということ

物の様子を言葉で説明しようとするともどかしい。以下は落語の一節です。

「（前略）いるんだよ、よく……ここらィ……夜……（犬の歩く形）こんなッなって歩いてて、よく鳴くやつよォ」／「うん。エエ……ねずみかァ?」／「（前略）もっとずっと大きなもんだ」／「じゃ、象だな」／「（前略）もっとずゥッと小さくて……いるだろう」／「え?……どんな形《なり》ィして……?」／「（両手で犬の形を表わし）どんな形って、お前、こんな耳して、こんな口して、いるんだよ、おい」／「あああああ……ァァ猫だな」／「うゥ……この野郎、ゥウッ、そばまで行《い》ってて言わねえな。ゥウ、猫にもよく似てらァ」／「じゃ、もぐら」／「もぐらじゃねえや、こン畜生ッ……ああ、あの、犬」

（「粗忽《そこつ》長屋」柳家小さん著／飯島友治編集『古典落語　小さん集』筑摩書房。改行個所を／で示した）

犬という言葉が出て来ないので、身ぶり手ぶりをまじえて犬を説明しようとすると、こうなります。こんなやりとりをしなくても、ひとこと「犬」と言えば、聞き手の脳裏に犬の姿がパッと浮かぶはずです。

犬と言えば、犬が目に浮かぶ。言葉がイメージを喚起する力は強力です。この力を、その言葉の指し示す事柄ではなく、別の事柄の類推に用いる表現技法が比喩です。以下、落語に使われた比喩の例を拾います。

兄「（前略）おめえ、とび上がって来ちゃいけねえな、ニワトリみてえに……。（後略）」

（中略）

女「なンの用なのさ。え、そこでいったらいいじゃないか」／兄「おまえは、人がなンかいうてえと、え、百万年も前《めえ》のトカゲの親方みてえな面ァしやがって、いやな女だなァ……。え、こっちィ来られねえのかよ」

（中略）

女（腹立ちまぎれに）「どっか行くの、どこィ行くの？　どこへ行くのさァ？」／兄「大きな声だネ、えーッ。おらァ屋根上がってンじゃないよ。おまえの鼻ン頭の、すぐ前にいるんだよ。家ン中で、船ェ見送るような声出さなくたっていいじゃねえか、うるさいよ」／女「どっか行くんだろ?」／兄「あー、行くんだよ、(後略)」／女「(前略)そしちゃァ自分は、どっかで引っかかろうてンだろ。ざまァ見やがれ、上げ潮のゴミ、イ」／兄「なンでえ、その上げ潮のゴミてえなァ?」／女「すぐ、引っかかるからサ」
(「風呂敷《ふろしき》」古今亭志ん生『志ん生の噺《はなし》②志ん生艶《つや》ばなし』筑摩書房。傍点は筆者。改行個所を／で示した)

慌てて駆け込んでくる隣の女房は「ニワトリみてえ」。女房の不機嫌な顔は「百万年も前のトカゲの親方みてえな面」。聞えよがしの大声は「船ェ見送るような声」。ふらふらと出かけてどこかへしけ込もうという男は「上げ潮のゴミ」。どれもこれも、ひとことで言えばそういうもの、なのです。

比喩は、伝えたい事柄を、別の何かに託して類推・連想させる技法です。「あしびきの山鳥の尾のしだり尾の長々し夜をひとりかも寝む　柿本人麻呂《かきのもとのひとまろ》」は、独り寝の夜の長さを山鳥の尾に喩《たと》えました。比喩は、読者の想像力を利用し、物事を直感的に伝えます。成功すれば、一言でパッとわかった気分になります。

色や形や動きを伝える比喩

物の色や形を言葉で言い表すのは難しい。美しい夕焼けの雲を描写したい。「真赤な夕日に染まった雲がとぎれとぎれにどこまでも続いている」と書くと二十八音。十七音の俳句には、もっと短く、もっと迫力のある表現が欲しい。そういうとき比喩が力を発揮します。

火を投げし如くに雲や朴の花　野見山朱鳥《のみやまあすか》

――夕焼けに染まり、火を空に投げたかのような雲。高々と咲く朴の花。

もしもこのような景を画家が絵にしたら、イメージは絵の通りに固定します。誰が見ても絵は同じです。一方「火を投げし如くに雲や」という言葉から思い浮かべる景は、読者によって違います。読者は「火を投げし如くに雲や朴の花」という言葉が許す範囲で、自由に景を思い浮かべることが出来ます。

ひとくちに描写と言っても、絵と言葉では違います。言葉が少ない俳句の場合、描写は断片的な、ヒントのようなものでしかない。しかし、いいヒントを得たとき、人の想像力はフル稼働します。落語が心地よいのは、百万年前のトカゲや上げ潮のゴミが頭の中でリアルなイメージに転じるからです。そのイメージはお仕着せではない。百万年前のトカゲは何ザウルスか。ぷかぷか浮かぶのはどんなゴミか。その具体的なイメージを、聴衆の一人一人が自由に想像するのです。

言葉による刺激が受け手の想像を喚起する点において、落語と俳句は似ています。人情《にんじよう》噺《ばなし》を語りながら噺家が「夕焼けの空を見上げると、火を投げたような雲がいくつも浮かんでいます」と演じてもよい。思い浮かべる景は観客によって違いますが、「火を投げたような雲」の本質はすべての人に伝わります。

ところで、火はふつう、焚《た》いたり消したりするもの。「火を投げし」は意外です。「火を投げし如くに雲や」という言葉に、私は一種の精神性を感じます。「わたしが来たのは、地上に火を投ずるためである」（「ルカによる福音書」『聖書　新共同訳』）というキリストの言葉を連想するからです。

野見山朱鳥（一九一七〜七〇）は第三句集に『荊冠《けいかん》』という題を付けました。荊冠は、十字架上のキリストに被《かぶ》せられた冠です。「胸の上聖書は重し鳥雲に」（『天馬』）という句からも朱鳥が聖書に親しんでいたことが察せられます。

野見山朱鳥は比喩の名手でした。もう一つ作例を拾います。

火の独楽《こま》を廻して椿瀬を流れ　野見山朱鳥

「火を投げし如く」は直喩。「火の独楽」は暗喩です。回りながら瀬を流れる落椿の色を「火」に喩え、回る様子を「独楽」に喩えました。動きのある美しい句ですが、さきほどの「火を投げし如くに雲や」のようなインパクトはない。「火を投げし」は、色と形を統合した比喩です。「火の独楽」は、イメージが色（火）と動き（独楽を廻して）に分かれています。そのため、パンチ力が弱い。

比喩の達人

朱鳥以外にも比喩の名品を残した俳人がいます。その作例を拾います。

大いなる春日の翼垂れてあり　鈴木《すずき》花蓑《はなみの》

春の太陽の印象を「翼」という暗喩に託しました。直喩風にいえば、翼のように広がる光、とでも言うのでしょう。塚本邦雄《つかもとくにお》はこの句を「グレコ、あるいはウィリアム・ブレイクの幻想繪画《かいが》を聯想《れんそう》させる。雲間に浮ぶ春酣《はるたけなは》の太陽の光の縞《しま》に、翼、それも多分天使のそれに近いものを、心の眼で視《み》たのだらう」（『秀吟百趣』毎日新聞社）と評しました。

白猫の綿の如きが枯菊に　松本《まつもと》たかし

直喩です。白猫を綿に喩えた比喩自体にはそれほど驚きません。句の眼目は枯菊と白猫の取り合わせです。枯菊は冬の季語。その名の通りぼろぼろに枯れた菊です。そのへんで猫が日向《ひなた》ぼっこをしている。枯菊を中心に据えた温雅な叙景句です。比喩が奇警過ぎると、この句の温雅な句柄と合わない。比喩だけで勝負した句ではないのです。

猫の質感といえば、菱田春草《ひしだしゅんそう》の「黒き猫」を連想します。絵の題は「黒猫」でなく「黒き猫」です。「黒猫」は黒猫である猫。「黒き猫」は黒い猫。「黒猫」より「黒き猫」の方が、黒さの印象が強いと思います。だからといって、たかしの句も「白き猫の綿の如きが」がよいかと言えば、必ずしもそうではない。「綿の如き」を生かすなら、猫が白い塊のように見える「白猫」（ハクビョウと読みたい）という字面が捨て難い。

我庭の良夜の薄《すすき》湧く如し　松本たかし
毛布あり母のごとくにあたたかし

十五夜の庭の薄を「湧く如し」、毛布のあたたかさを「母のごとく」と詠いました。たかしの比喩は素直です。鮮烈さはないものの、読者の心にスッと入って来ます。

「たかし楽土」「茅舎《ぼうしゃ》浄土」と並称される川端《かわばた》茅舎（一八九七～一九四一）も比喩の名手です。

舷のごとくに濡れし芭蕉かな
一枚の餅のごとくに雪残る
寒月や穴の如くに黒き犬
寒月の砕けんばかり照しけり

川端茅舎

びしょびしょの芭蕉を「舷」（ふなべり、またはふなばた）に喩えました。大ぶりな芭蕉の葉の存在感は、舷という感じがします。解けかかった雪の白さと、地べたを這うような形はまさしく「餅」。目鼻もわからぬほどに真黒な犬は「穴」。物体としての立体感・存在感さえ感じられないほどに黒い。吸い込まれるように黒いのです。

「黒」という色彩の比喩に「穴」を持って来た感覚には驚きます。茅舎の時代には、宇宙論で言うブラックホールという言葉はまだありませんでした。物の感じをズバッとつかむ茅舎の比喩は、力強く、端的です。

「如し」は使われていませんが、月光の明るさを「砕けんばかり」としたのも比喩です。物体に当って砕け散る、光の粒のような月光を思い浮かべます。

抽象度の高い比喩

比喩は、色や形をストレートに表現するばかりでなく、より抽象度の高い事象を表すときにも用いられます。たとえば、

双頭の蛇の如くに生き悩み　野見山朱鳥

は、岐路に迷う心を「双頭の蛇」に喩えました。理知的な句です。現実の景ではないので当然ですが、頭で作った感じは否めない。

去年《こぞ》今年《ことし》貫く棒の如きもの　高浜虚子《たかはまきよし》

は、一年の節目を貫いて流れる時間を「棒」に喩えました。綿のような猫や餅のような雪とは違い、抽象的・不可視的なもの（人生の岐路、時間の流れ）を、具象的・可視的なもの（双頭の蛇、棒）に喩えて成功するには相当の力量が必要です。

逆に、具象的・可視的なものを表す比喩に、抽象的・不可視的なものを用いた作例もあります。このような奇妙な比喩を用いたのが中村草田男《なかむらくさたお》（一九〇一～八三）です。

炎熱や勝利の如き地の明るさ　中村草田男

四十路《よそじ》さながら雲多き午後曼珠沙華《まんじゅしゃげ》

亡き友肩に手をのするごと秋日ぬくし

真夏の炎天下の大地の明るさが「勝利の如き」と言う。何の陰りもない、眩《まぶ》しく明るいばかりの真夏の光から、「勝利」という言葉を連想した。凱旋《がいせん》する勝者を迎える群衆の歓喜の声のように、大地は、灼熱《しゃくねつ》の陽光に輝いています。

雲の多い秋の昼下がりの空は「四十路さながら」だと言う。まだ明るいものの、方々に雲が浮かぶさまに、中年の翳《かげ》りは蔽《おお》いようがない。

秋の日のぬくもりは「亡き友肩に手をのするごと」だと言う。淋《さび》しく、懐かしく、ほのぼのとした感じでしょう。

草田男の比喩の句を読んでいると、比喩と比喩の対象とが交錯するような錯覚を覚えます。勝利のような地の明るさなのか、地の明るさのような勝利なのか。四十路のような雲多き午後なのか、雲多き午後のような四十路なのか。亡き友のような秋日のぬくもりなのか、秋日のぬくもりのような亡き友の思い出なのか。

草田男という人は、頭の中で、具象と抽象が勝手に行ったり来たりしていたのかもしれません。それゆえ、このような奇妙な比喩が生まれたのではないでしょうか。

奇妙な比喩とは対照的に、一見ベタな比喩の作例を挙げます。

詩の如くちらりと人の爐《ろ》辺《べ》に泣く　京極杞陽《きょうごくきよう》

「絵のように（美しい）」と同じくらい「詩の如く」はベタです。しかも「人」（きっと妙齢の佳人〉が炉辺に泣くとはメロドラマさながらです。くさい演出のような句と思う読者もいることでしょう。しかし「ちらりと」というオノマトペを含め、技巧的には素晴らしい。

棒の如く

さきほどの「棒の如き」も決して目新しい比喩ではありません。「棒」を比喩に用いた作例を拾います。

枯木立月光棒のごときかな　川端茅舎
冷水を棒の如くに呑みにけり　上野《うえの》泰《やすし》

茅舎の句は、冬枯れの木立にさしわたる月光を詠んだ句です。力強くさしわたる月光を「棒」に喩えました。上野泰は、ごくごくと喉《のど》を通って行く冷水を「棒」に喩えました。いずれも、まっすぐであるとか、勢いがあるとか、長いとか、そういう物理的な印象から「棒」に連想が及んだ句です。一方、虚子の「去年今年」は、「棒」というもののイメージを時間の流れに用いました。

茅舎の句は昭和十年作。泰の句は昭和二十四年作。虚子の「去年今年」は昭和二十五年作。茅舎、泰とも虚子門の俳人で、虚子の選を受けていました。虚子は当然、この茅舎と泰の句を目にしていたと思います。虚子という俳人は、先行する弟子の句を呑みこんで、もっと大きな句を生みだしたのです。

以下同様に、同じ言葉を比喩に用いた句を、句合わせのように見比べます。

初蝶を夢の如くに見失ふ　高浜虚子
秋風や夢の如くに棗《なつめ》の実　石田《いしだ》波郷《はきょう》

虚子の句は「初蝶を埃の如くに見失ふ」（『玉藻《たまも》』昭和十四年五月号）からの改作です。虚子には「大寒の埃の如く人死ぬる」（『五百五十句』）もありますが、「埃の如く」ははかなさの比喩です。しかし、その春に最初にみかける蝶《ちょう》である「初蝶」には、はかなく悲しい「埃」より、はかなく美しい「夢」が似合います。

波郷の句は、棗の実をふと見つけたときの懐かしさを「夢の如く」と詠いました。こういう些細《ささい》な事柄を「夢の如く」と感じるのは、波郷が結核の病人で、日々をいとおしむように生きていたからかもしれません。

白露に鏡のごとき御空《みそら》かな　川端茅舎
大きくて鏡の如き露のあり　上野　泰

いずれも露を詠んだ句です。茅舎は、露の玉の上に広がる大空を「鏡」に喩えました。雲一つない、明るい朝の空でしょう。泰は露の玉そのものを「鏡」に喩えました。おそらく、大きくて、平べったい露の玉です。

夢のような出来事、鏡のような水面というように、夢も鏡も日常会話レベルの比喩です。いわば手垢《てあか》のついた言い回しです。比喩に使う言葉はその方がよいのです。

比喩は、見知らぬ事柄を、見知った事柄に置き換えて説明する技術です。したがって、比喩に用いる言葉は珍しくてはいけない。火や棒や埃のような、ありきたりの言葉が適しています。草田男のややこしい比喩は例外です。

さて、比喩の章を閉じるにあたり、もう一句、野見山朱鳥の句を紹介します。

腹水の水攻めに会ふ二月かな　　野見山朱鳥

朱鳥は肝硬変のため五十二歳で亡くなりました。その最晩年の病床での作。自分の症状を「水攻め」に喩えました。暗喩です。

肉体の苦痛と生死の境目にあって、朱鳥は、腹水が「水攻め」のようだとおどけてみせました。「水攻め」という比喩に託した凄絶《せいぜつ》なユーモアに驚きます。

第三章　無意味な世界を描く

弱い文芸

噺家《はなしか》はよく、落語は弱い芸だと言います。演者が一人。手拭《てぬぐい》と扇子以外に舞台装置も道具もない。座布団の上のわずかな空間。身振り手振りと音声だけで演ずる。声色は使わない。噺が発するメッセージを聞き手が受信するかどうかは、聞き手の想像力が起動するかどうかにかかっています。

受け手の想像力に依存するという点では、俳句は落語と似ています。おそらく落語以上に、俳句は弱い芸です。その一例を挙げます。

鴨渡る明らかにまた明らかに　高野素十《たかのすじゅう》

渡り鳥の鴨です。一羽また一羽と大空を渡ってゆく。その様子が「明らかにまた明らかに」なのです。渡ってゆく鴨がよく見えるのです。見えるから俳句に詠んだのだとすれば、

「明らかに」は自明です。

　こういう句は「それがどうした、どこが面白いのか」と問われると困ります。「勇気こそ地の塩なれや梅真白　中村草田男《なかむらくさたお》」であれば「地の塩」は聖書の言葉だとか、太平洋戦争中に詠まれた句だとか、梅は勇気の象徴だとか、「かりかりと蟷螂《とうろう》蜂の皃《かお》を食《は》む　山口《やまぐち》誓子《せいし》」であれば「かりかり」という無機的な音が現代的だとか、その句のどの部分がどのように特徴的であるかを説明することができます。

「鴨渡る明らかにまた明らかに」はどうなのか。景の実体は「鴨渡る」です。「鴨渡るって、季語そのものじゃない」と言われると返す言葉がありません。どうか虚心に読んで下さい、としか言えない。俳句は弱い文芸です。

　では、虚心に読むとどうでしょうか。「鴨渡る」は季語そのもの。「明らかにまた明らかに」に反復の「また」があるので、鴨が一団また一団と飛んでゆく様子は想像されます。「明らか」ですから、空を背景に、一羽ずつくっきりと見えている。目の前をばさばさと飛んでゆくのではない。遠くをゆるやかに飛んでゆく。鴨を遠望する作者の眼が感じられます。

　文芸が、意味のある出来事や感情や思想などを描くものだと考えれば、この素十の句は無意味に等しい。一見無意味な句のどこが面白いのか。

　一つには、この句は言葉が少ない。シンプルでピュアな言葉の塊です。飛ぶ鴨が隅っこに描いてあるだけの、ほとんどが余白の絵屏風《びょうぶ》をただ眺めているような、虚《うつ》ろな心地よさを感じます。

これまでに鴨が渡るところを見かけたことがある人は、その情景を心地よく思い出すことでしょう。その逆を考えてみます。誰も知らない「モカ」という鳥がいると仮定しましょう。「モカ渡る明らかにまた明らかに」では何のイメージも浮かびません。鴨が渡る様子を、たとえ実景でなくても、映像や絵画で知っている人がいるからこそ、この句は成り立つのです。俳句は読者を選ぶ文芸です。その点でも弱い文芸です。

この句は、意味を深く追求しようにも「鴨渡る明らかにまた明らかに」という字面以上の意味はない。この句の付加価値はどこにあるのでしょうか。

俳句の付加価値

この句を部品にバラしてみましょう。句の部品は「鴨渡る」「明らかに」「また明らかに」ですべてです。「鴨渡る明らかにまた明らかに」という俳句がもたらす情報から、「鴨渡る」「明らかに」「また明らかに」という個々の言葉がそれぞれに単独で持つ情報を差し引いたとき、何が残るか。バラバラの言葉が結びつき、五七五・十七音の塊となったとき、どれほどの付加的なイメージをもたらすか。それが俳句の付加価値です。

久保田万太郎《くぼたまんたろう》（一八八九〜一九六三）に「ばか、はしら、かき、はまぐりや春の雪」という句があります。貝に関する食材の名を並べ、春の雪をつけただけ。この句は単なる名詞の羅列に過ぎないのか。それとも、名詞の羅列の向うに寿司《すし》屋か魚屋を思い浮かべ、そこに春の雪の風情を見出《みいだ》すか。そこは読者次第です。俳句の付加価値は、俳句に内在するのではありません。俳句と読者との関係があって、はじめて生じるのです。

素十の句の場合も、「鴨渡る」だけでは季語そのもの。「明らか」はただそういうこと。「また」があるので、繰り返しと時間の持続はわかります。そこに「鴨渡る」に関する読者の想像が加わることによって、はじめて句が成り立ちます。

広やかな空。冷え冷えとした空気。はばたく姿も明らかに、一団の鴨が渡り、また一団が渡る。その様子を、見晴らしのよい場所から見ている。そんな時間と空間を、この句は、断片に等しい言葉によって感じさせてくれます。

描かないということ

読者の想像力のスイッチが入れば、俳句のイメージは自己増殖的に、読者の中で膨らんでゆきます。「鴨渡る明らかにまた明らかに」からは、おそらく誰もが背景に広やかな空を思い浮かべます。そこから先は自由な想像です。広やかな空の下に湖があってもよい。

遠近《おちこち》に山があってもよい。芭蕉《ばしょう》の「海暮れて鴨の声ほのかに白し」のような景を想像してもよい。ただし「明らかに」ですから、さほど暮れてはいない。

もしもこの句が「鴨渡るさま明らかや海の上」であれば、海が見え、海の上を鴨が飛んでいます。その方が景は具体的ですが、逆に、芝居の書き割りのような、ペタッとした感じがしないでしょうか。一見すると何も言っていない「鴨渡る明らかにまた明らかに」の方が、鴨の渡る空間が肌で感じられるのではないでしょうか。

仮に「海の上」とすると、音数は同じでも、実質的に言葉が増えます。言葉の「言（こと）」には「あらわにする」という含意があります（長谷川三千子『日本語の哲学へ』）。作者が思い描くイメージは、言葉を使えば使うほどあらわになり、読者を縛ります。下手をすれば、読者の前に言葉が立ちはだかり、読者の想像を制約しかねない。読者は、作者が思うことに付き合わされ、読者自身が思いたいように思うことが出来ない。

言葉を惜しむこと、作者の思いをあらわにしないことが、読者の自由を広げ、作品の持つ力を大きくします。これは俳句の逆説です。「鴨渡る」の句は、この逆説を味方につけました。すぐれた俳句は、言葉のない余白から力を引き出してくる。それは最短詩形だから出来ることです。

「鴨渡る明らかにまた明らかに」は、「明らかに」のリフレインが十七音のうちの十音を占めます。それだけ言葉の種類が少なく、情報量が少ない。「押しつけがましさ」と無縁です。この句の向うには、作者と読者との隔たりのない、言葉の時空が広がっています。

無意味への接近

さきほどの草田男(「勇気こそ……」)と誓子(「かりかりと……」)の句は、俳句となる以前に、あらかじめ言いたいことがあって、それを俳句の形に入れ込んだ、というタイプの句です。何らかの意味を伝えるメッセージとして詠まれた俳句です。

それと違い、さほどの意味はなく、何が言いたいのかよくわからないが、ただ五七五の俳句の形をしている、俳句であるがゆえに俳句である、というタイプの句があります。

露人ワシコフ叫びて石榴《ざくろ》打ち落す　西東三鬼《さいとうさんき》

「ワシコフというロシア人の男が、叫びながら、石榴の実を、石か竿《さお》かで打ち落とした」というのです。このように散文にしても、何が言いたいのかわからない、という印象は変りません。作者に言わせれば、ただそれだけのこと、なのでしょうか。

「鴨渡る明らかにまた明らかに」とは対照的に、言葉の数の多い句ですが、「それがどうした、どこが面白いのか」と問われると弱い、という点は共通です。

なぜロシア人か。フランス人はこんなことをしそうにない。なぜワシコフか。偶然そういう名前だった。なぜ叫んだのか。たんに気合いを入れただけ。なぜ石榴を打ち落としたのか。そこに石榴の実があったから。句を要素にバラしても、さほど意味のない断片が並ぶだけです。しかし十七音（この句は十九音）の言葉の塊として眺めると、くすぐられるような妙な面白さがある。詠まれているのは喜怒哀楽として語れるような感情ではない。ましてや真善美ではない。一瞬に生じた単純な出来事です。こういうことを句に詠むことにそもそも意味があるのか、と問われても答えようがありません。

山本健吉《やまもとけんきち》はこの句の面白さを、次のように説明します。「この句には巧まざるユーモアがある。ワシコフという舌を嚙《か》みそうな固有名詞も効果的だ。三鬼のユーモアは、彼の無表情に胚胎する（『定本 現代俳句』）。さすが評論家です。「無表情」は言い得て妙です。しかしなぜ、このようなことを句に詠むのか。

中村草田男の「金魚手向けん肉屋の鉤に彼奴を吊り」は怒り、あるいは激烈な抗議のメッセージです。水原秋櫻子《みずはらしゅうおうし》の「来《こ》しかたや馬酔木《あしび》咲く野の日のひかり」は風景への賛美です。「露人ワシコフ」は、怒りや賛美などとは次元の違う何かを詠った句です。

ワシコフが叫んで石榴を打ち落とすのを見たとき、作者の感情は波立ったはずです。しかし、それを書いたり語ったりすることは難しい。その感情を無理やり分解すると、驚き、不快、不安、苛立《いらだ》ち、好奇、軽蔑《けいべつ》、同情、憐憫《れんびん》、親しみ、といったところでしょうか。ワシコフという男の中にある鬱勃《うつぼつ》たる情動を垣間見《かいまみ》た思いがします。しかし、そういうふうに言葉にしてしまうと、ぴったり来ない。正確に言葉に置き換えようのない「ある感じ」が、「露人ワシコフ叫びて石榴打ち落す」という言葉の塊に込められているのではないでしょうか。この句から受ける「ある感じ」が、「ロシア人のワシコフが、叫びながら石榴を打ち落とした」という散文から感じられないとすれば、その差が俳句の付加価値なのかもしれません。

無意識への接近

私たちはふつう、意識にのぼっていることだけを書いたり、語ったりします。意識していないことは語りようがない。俳句にも詠まない。そのはずですが、俳句はときとして、ふつうの意識よりいくぶん無意識に近いような、何らかの感じを捉えることがある。そう思われる作例を拾います。

西日さしそこ動かせぬものばかり　波多野爽波《はたのそうは》

何かを言葉で語るということは、そこに何か意味のある事柄があるからです。この句の場合も「夏の西日が色濃くさしこんでいる。そこにいろいろなものがある。西日に照らされ、どれもその場所から動かし難く見える」という意味がある。

あえて散文で説明すると意味ありげです。しかし、句の本質は、パッと見たときの、言葉にならない「ある感じ」なのではないでしょうか。

「西日さし」とあるので室内です。「ものばかり」だから「もの」がいろいろある。「そこ動かせぬ」とは、それぞれの「もの」の占めている場所が、動かしがたい必然性を持っているように見えるのです。そこから先は想像ですが、私は、平凡な西向きの部屋を想像します。屑《くず》かごやら物入れやら鏡台やら、家具調度の類《たぐい》が整然または雑然とある。それは見慣れた景です。それ以外の状態を想像することは出来ません。

このような「感じ」を、ふつう、人は言葉で語らないと思います。心の中で「西日か、あーあ」と呟《つぶや》くかどうか。意味のある事柄でもなく、語るべきことでもない。そもそも、意識にさえのぼらないかもしれない。

ところが「西日」という季語に作者の俳句脳が反応したとき、ふだんは意識にのぼらない「ある感じ」をキャッチした。それは何か。屑かごでも、物入れでも、鏡台でもない。それらのいくつかの「もの」が置かれている情景全体から受ける「感じ」。それが「そこ動かせぬものばかり」なのです。

「西日さし」は季語そのものです。季語以外の部分である「そこ動かせぬものばかり」は積極的に何かを描写しているわけではありません。「そこ」は漠然とした指示です。「動かせぬ」は否定です。「ものばかり」は割り切りです。具体的な物を描いていない点は「鴨渡る明らかにまた明らかに」と同様です。

具体的に物を描けば描くほど、作者の見たこと、体験したことの再現に近づきます。しかし、それは読者の自由を奪います。極論すれば、句から読者を疎外することになりかねません。

そうは言うものの、俳句が言葉で出来ている以上、完全な沈黙はあり得ません。では、俳句で何を語るか。散文的な意識によっては掬《すく》いあげられることのない「何か」、日常生活の次元ではナンセンス（無意味）に近い「何か」をキャッチする。それは、まともな「意味」を搭載するにはあまりにも短すぎる俳句という詩形に与えられた「特権」なのかもしれません。

第四章　俳句と天才

「天才」を感じるとき

スポーツや音楽、将棋などいろいろな分野に天才と呼ばれる人々がいます。天才と呼ぶかどうかは程度によりますが、モーツァルトが天才であることを否定する人はいないでしょう。少なくとも、常人の努力の及ばない何かがあります。

俳句はどうでしょうか。句の良し悪しは、言葉をどう選び、どう並べるかで決まります。当然、出来不出来があります。だから俳句のコンクールが成り立つのです。とはいえ俳句はわずか十七音。この小さな器に言葉を並べるだけの営みに、天才というものが存在し得るのでしょうか。

先人の句を読むと、常人の及ばない何かがある、天才としか言いようがない、と感じることは確かにあります。もちろん、天才というものが作者の属性として、独立して存在しているわけではない。あくまでも、読者がそう感じるから天才なのです。

では、どのような俳句のどのようなところに天才を感じるのか。その具体例として、阿《あ》波野《わの》青畝《せいほ》（一八九九～一九九二）の句を取り上げます。

葛城の山懐に寝《ね》釈《しゃ》迦《か》かな　阿波野青畝

大和《やまと》の国の葛城《かつらぎ》山。その山懐に寺がある。ちょうど涅槃《ねはん》の法要の日である。寺のお堂に入滅の釈迦の像がある、という句です。

まず、この句をはじめて読む人が、上から下へ読み下すところを想定します。最初に「葛城」という文字が目に入る。音読であれば「カツラギ」という音が聞こえる。その時点では「カツラギ」が何かは判然としない。地名か人名か山の名か。わからないなりに、古代的な響きのある固有名詞だろうという察しはつきます。

続いて「山懐」という文字、音読であれば「ヤマフトコロ」という音声が現れる。直前の「葛城」が意識に残っていますから、「葛城」と「山」はすぐに結びつく。そうか、大和の国の葛城山か、と思う。「山懐」は、山に囲まれた、奥まったところです。そういう辞書的な意味は知らなくても、着物の懐とか懐中という連想は働きますから、おのずから、山襞《ひだ》の窪《くぼ》みのような地形が思い浮かぶ。この時点で「葛城の山懐」という言葉のイメージはあらかた見えて来ます。しかしまだ、句の正体はわからない。「山懐に」の「に」が気を持たせます。

さて、このあと何が現れるのだろうかと期待しながら読者は下五に進みます。わずか十七音を読み下す時間は一瞬です。その一瞬の間に、上五まで読んで中七に期待する瞬間や、上五中七まで読んで下五に期待する瞬間があるのです。

「葛城の山懐」のあとには「寝釈迦」が現れます。この句をはじめて読む読者は、そこで戸惑います。はじめに山が見えた。その「山懐」にいきなり寝釈迦が現れる。テレビカメラのズームアップであれば、まず山全体が見え、接近し、山襞が見え、山肌が見えて来る。山あいに寺の伽藍《がらん》が見えて来る。その中の御堂の一つが見えて来る。お堂の中に入る。そこでやっと寝釈迦とご対面です。

ところが十七音の俳句では、お寺もお堂も省き、いきなり核心の「寝釈迦」に至る。読者は、突然現れた寝釈迦に戸惑いつつ、そこまでに辿《たど》って来た「葛城の山懐」をたぐり寄せる。そこで「なるほど、葛城山の山懐のお寺にある寝釈迦だな」と納得する。そう納得するまでのわずかな間に、もしかすると、お寺もお堂もすっ飛ばして、山懐にお釈迦様がそのままドーンと寝そべっている情景が浮かんだかもしれない。そこに「葛城」という地名の持つ古代的なイメージがかぶさって来る。「懐」という、人懐かしい言葉の響きも余情を添えます。

「葛城の山懐」から、「寝釈迦」へと読み下す一瞬のうちに、一句のイメージは、大和盆地の風景から釈迦入滅のシーンへ変容します。その過程で、読者は、妙《たえ》なる言語時間を体験することでしょう。

飽きの来ない俳句

この句を繰り返して読み、暗記・暗誦《あんしょう》するほどになると「葛城の山懐に寝釈迦かな」の全貌《ぜんぼう》が頭に入っています。文字を見なくても、電車の吊革《つりかわ》を持ったまま「葛城の山懐に寝釈迦かな」を思い浮かべることが出来る。「葛城」の時点で既に「寝釈迦」を予想している。最初に読んだときの、上から下へ一語一語辿ってゆく妙味は再現できません。しかし、この句を隅々まで知悉《ちしつ》したあとは、一句の全体像が同時に見えて来ます。そこに別の楽しみが生じます。

「葛城の山懐に寝釈迦かな」のすべての言葉が、同時に読者の中に入って来る。そのとき読者の脳裏には、「葛城」という地名、「葛城山」という山、実景としての「山」、その「山懐」、「山懐」にある「寝釈迦」、「葛城」にある「寝釈迦」、「懐」にある「寝釈迦」といった具合に、言葉と言葉、イメージとイメージが渾然《こんぜん》一体となった言語空間が現れます。

喩えて言えば、読者にとって、はじめて読む俳句は「時間的」であり、何度も読み慣れた俳句は「空間的」なのです。音楽に喩えましょう。ある曲をはじめて聴くときは、耳で旋律を追い、次々に聞こえて来る旋律に感心します。何度も聴くうち、さほど意識しなくても旋律が耳に入って来るようになる。次の音や次の旋律を予想しながら聴くようになる。やがて、旋律だけでなく、和音や楽器の音色などを耳が捉えるようになる。第一楽章を聴きながら第四楽章を思い浮かべることもある。それでも飽きが来ない。というより、聴けば聴くほど味わい深い。その所以《ゆえん》は何でしょうか。

評論家が聴きどころを説明することは出来ます。しかし、なぜそのような作品が生まれたかは、方法論だけでは説明しきれません。方法論とは別次元の天与の「何か」が然《しか》らしめていると思わざるを得ないのです。

「葛城の山懐に寝釈迦かな」のどこに天来の妙趣が宿っているのでしょうか。「葛城の山懐」から「寝釈迦」への飛躍にあると思います。「山懐」という言葉を見つけたのも手柄ですが、この句の付加価値の大部分は「寝釈迦」という言葉を選択したことにあります。「葛城の山懐に涅槃かな」や「葛城の山懐の涅槃寺」では寝釈迦が見えて来ない。「葛城の山懐に涅槃像」としても「寝釈迦」ほどの迫力はない。涅槃像には寝釈迦以外の諸々が描かれているので、寝釈迦に集中しきれないのです。

話は逸《そ》れますが、「葛城の山懐に寝釈迦かな」と「葛城の山懐の寝釈迦かな」とでは大きく違います。「の」であれば、句の最初から寝釈迦を予期したような書きぶりになる。「に」とすれば、出会いがしらのように寝釈迦が現れる。助詞の一字にも、青畝の才が現れています(※)。

また、「葛城の山懐に寝釈迦かな」には、動詞・形容詞・形容動詞・副詞がありません。名詞以外は二つの助詞と切れ字の「かな」だけで出来ています。言葉の塊として、あまりにもシンプルかつピュアです。それゆえ飽きる余地がない、とも言えます。

この程度の説明は私にも出来ますが、私自身がそれほどの句を作ることは難しい。そこに天才と常人の越え難い差があります。


（※）青畝のテニヲハの見事さに関しては、「住吉にすみなす空は花火かな」（『万両』）の「は」を、「の」や「に」に替えてみると、「は」の素晴らしさがわかります（高柳重信『バベルの塔』）。

天才は「下五」に宿る

下五の「寝釈迦かな」がいかに天才的か。別の言葉にした場合と比べてみましょう。

この句にはじめて出会った状態を思い浮かべて下さい。「葛城の山懐に」まで読んで来ました。さて、そのあとに一体どんな下五が現れるのでしょうか。期待に胸が膨らみます。「葛城の山懐に椿かな」「葛城の山懐に落葉かな」「葛城の山懐にほととぎす」「葛城の山懐に雪残る」だったらどうでしょうか。悪くはありませんが、期待は裏切られます。じっさい、日々の句会や選句で出会う俳句は、上五中七で期待が膨らんだあと、下五でガッカりすることが多いのです。

青畝はこの「寝釈迦かな」のような見事な作品を、コンスタントに生み続けました。その事実がその天才ぶりを物語っています。

下五の「涅槃」の使い分け

青畝には涅槃《ねはん》の句が多くあります。その下五の使い分けを見ます。

なつかしの濁世の雨や涅槃像　阿波野青畝
日照るとき魚介交り来《く》涅槃像
美しき印度の月の涅槃かな
どつかれて木魚のをどる寝釈迦かな

釈迦の入滅を出来事として捉えた言葉が、涅槃あるいは涅槃変。涅槃会《ねはんえ》を略して涅槃ということもあります。涅槃を描いた絵や像が、涅槃図あるいは涅槃像。絵や像となった入滅の釈迦が、寝釈迦です。

これらの言葉は多くの場合、入れ換え可能です。たとえば一句目を「なつかしの濁世の雨に寝釈迦かな」、二句目を「日照るとき魚介交り来涅槃変」、三句目を「美しき印度の月や涅槃像」としても意味は変わりません。このような互換性のある言葉を、青畝はどう使い分けたのでしょうか。

一句目は、濁世（この世）の雨を、涅槃の釈迦が、また作者自身も「なつかし」と思っている。その気持ちに重点を置いた句ですから、下五は「涅槃像」という最もオーソドックスな言い方が無難と思われます。

二句目は、日が照って外が明るくなり、涅槃図に細かく描かれた魚介が見えて来たのでしょう。涅槃図の中のことを詠んだ句です。焦点は「魚介」にあるので、釈迦は見せたくない。よって「寝釈迦」は不可。明るさの変化に伴う涅槃図の見え方の変化を詠った句なので、涅槃図そのものが、しかもその部分ではなく全体が漠然と見えるような詠み方が望ましい。下五の「涅槃像」は無造作に見えますが、用語の選択は適切です。

三句目は「美しき印度の月」が中心です。下五ではあまり物を描きたくない。よって「涅槃かな」。四句目は、叩《たた》かれて鳴る木魚を滑稽《こっけい》に詠った句ですから、くだけた口調の「寝釈迦」が楽しい。

このようにもっともらしく解説することは出来ます。しかし解説はしょせん、後出しじゃんけんです。私自身を含め、常凡の俳人は、青畝のような絶妙の制語力あるいは制句力は持ち得ません。涅槃以外にも、見事な下五の例があります。試みに、クイズ形式にします。上五・中七を読んで、下五にどんな言葉が置かれるのか、想像してみて下さい。

「凩《こがらし》やしばしば鳶の〇〇〇〇〇」

――ヒント「飛んでいる鳶が風に吹かれた様子」。答「凩やしばしば鳶の落ちる真似」。意図して「真似」しているわけではないが、確かにそう見えます。


「蟻地獄〽《ちゆ》とゐる蝿に〇〇〇〇〇」

――ヒント「蝿は蟻地獄の餌にならない」。答「蟻地獄〽《ちゆ》とゐる蝿によろこばず」。蟻地獄と蝿との微妙によそよそしい関係が面白く描かれています。


「牡丹百二百三百〇〇〇〇〇」

――ヒント「視点は変わり、数詞の桁《けた》が小さくなる」。答「牡丹百二百三百門一つ」。「二百三百」と「門一つ」の落差と、数を生かした形式美に注目。


「花鳥賊《はないか》のいでゐる息の〇〇〇〇〇」

――ヒント「鳥賊といえば墨」。答「花鳥賊のいでゐる息の墨の泡」。見たままのようですが、「墨の泡」が的確。

思わずニンマリするような句もあります。青畝という俳人の言葉と発想の自在さは、多くの俳人が努力して到達できる巧さとは異質のものだと思います。

星野立子

青畝と並び、天才という言葉が似合うのが星野《ほしの》立子《たつこ》（一九〇三〜八四）です。天才は意表を突く。そういう作例を引きます。この句もクイズ形式にします。

しんくと寒さが〇〇し〇〇〇〇

ヒント「〈〇〇し〉は形容詞。下五は動詞」

「しんく」と「寒さ」の関係は自明です。それ以外の部分で意表を突かれます。答は「しんくと寒さがたのし歩みゆく」。奇抜ではありません。言われてみれば「寒さがたのし」と感じることはあります。子供が「寒い寒い」とはしゃぐように、寒さに興じる。「寒さがたのし」に意表を突かれた読者は、もう好きなようにしてくれ、という気になります。そこで「歩みゆく」。読者は、なーんだ、とあっけに取られます。凝った表現も奇警な用語もない。句の眼目は「たのし」「歩みゆく」という、ごくふつうの言葉でしかない。しかし、読者は一句の中で二回、あっけに取られます。あまりのあっけなさ、たあいのなさに啞然《あぜん》とするのです。ふつうの俳人は、俳句技術的に、また気質的にも真似の出来ない句だと思います。

天才は「下五」に宿る――立子の場合

下五をいかにさりげなく、自然体でおさめるか。そこに立子の天才が現れます。

大雨のあとかぐはしや秋高く　星野立子

大雨のあと、サッと晴れ渡った。雨あがりの大気の感触を捉えた「かぐはしや」に力があります。ふつうの俳人は、こういう文脈で「かぐはし」とは言わない。圧巻は「秋高く」です。カラッと晴れ渡っているときは、すぐに「秋高く」を思いつきますが、雨あがりの青空が「秋高く」とは意外です。意外ですが、「かぐはしや」で意表を突かれた後なので「秋高く」がもっともらしく思えます。

興奮のすぐ汗ばみて恥しく　星野立子

「汗」が夏の季語。何かに興奮して上気し、汗ばんだ。人に気取られているようで、すぐに汗ばむ自分が恥かしい。そもそもこういう事柄は、ふつう俳句に詠みません。「興奮のすぐ汗ばみて」までは言えるかもしれませんが、そのあとの下五が難しい。汗が出て来た、あらいやだ、で思考が停止するのです。ところがこの句は、「恥しく」という自分の状態を第三者のように見て取っている。人間心理としては常識的ですが、俳句的には意外性のある「恥しく」です。

「寒さがたのし」も「歩みゆく」もそうですが、立子の句は、いったん自分を離れ、第三者のような目で自分自身を眺め返しているようなところがあります。このような「離見の見」も一種の天才だと思います。

焼《やき》藷《いも》の風呂敷包誰が持つ　星野立子

「焼藷」が冬の季語。「焼藷の風呂敷包」という十二音だけで十分に楽しい。残りの五音をどうするか。ここで余計なことを言ってはいけない。焼藷の楽しさだけの俳句にしたい。「誰が持つ」という、とぼけた下五によって、焼藷の楽しさが純化されました。

紫のソーダ水ありまづからん　星野立子

「ソーダ水」が夏の季語。紫色です。美味《おい》しくなさそう。「まづからん」は、そう直感しても、なかなか言葉にならない。こんな些細な事柄から詩を紡ぎ出すのも才能です。

秋風や人違ひされ微笑みて　星野立子

人違いをされ、しかたなく、曖昧《あいまい》な笑みを浮かべました。「人違ひされ」という出来事はふつうの俳人でも詠めると思います。難しいのは下五のおさめ方です。「人違ひされ町角に」のように説明をしてしまうと、俳句はつまらなくなる。「微笑みて」は、何も言わないに等しい、最もさり気なく、最も自然体の下五です。そこに天与の才が現れます。

第五章　俳句における写生の技

愚直に描写する

十七音の俳句で何が描けるか。難しい問題です。十七音ではさしたる描写は出来ません。そこまでは明らかです。そこでどうするか。いくつかの答があります。

まともに物を描くかわりに、別のものに喩える（第二章）、描写や説明を最小限にした、一読、無意味とも思える俳句（第三章）、天性の才に恵まれた俳人は、十七音の天地に自由に遊ぶ（第四章）、などがその答です。

本章では、これまでの三章と対照的に、十七音で出来る描写を、愚直に磨き上げた俳人の作品を取り上げます。

火《ひ》蛾《が》落つる燈下に湖《うみ》の魚来《きた》る　高浜年尾《たかはまとしお》

十七音を最大限に使って情景を描いた句です。蛾が湖畔の灯《ひ》を慕って来る。水に落ちる蛾もいる。それを狙って魚が来る。魚が蛾に飛びつく水の音が聞こえそうです。季語は「火蛾」。夏の句です。

景の要素は、湖畔の宿の灯、蛾、灯に照らされた夜の湖面、水面近くに屯《たむろ》する魚。そのまま絵に描けそうな景です。形容詞、形容動詞、副詞などの修飾語は一切なし。助動詞もなし。切れ字もなし。助詞は「に」と「の」だけ。名詞は「火蛾」「燈下」「湖」「魚」。動詞は「落つる」と「来る」。五七五の器に名詞と動詞をきっちりと詰め込んだ句です。俳句による描写の詳しさは、これが限度です。

作者の高浜年尾（一九〇〇〜七九）は、高浜虚子《たかはまきよし》の長男。「ホトトギス」を継承しました。第四章に取り上げた星野立子《ほしのたつこ》は虚子の次女でした。立子は天才肌の俳人で、自在の句風でした。年尾は、虚子の教えを忠実に守り、おそらく二代目としての苦労をしながら、写実的な手堅い句風を磨き上げた俳人です。

この句も一見、言葉をただ並べて五七五にしただけのように見えます。テニヲハを二文字足して「火蛾が落ちる燈下に湖の魚が来る」と書くと、そのまま散文になる。江戸時代の発句にはあり得なかった文体です。

散文的とも思える文体ですが、言葉の畳み方に工夫があります。句の前半は「火蛾落つる燈下」。おびただしい蛾が灯火に飛来し、いくつかの蛾は足元に落ちてゆく。

後半は「湖の魚来る」。音数を節約し「湖」は「うみ」と読む。暗いので魚種ははっきりしない。大小さまざまの湖の魚が来る。魚の動きはいちいち描写しません。「湖の魚来る」と書けば、蛾を狙って来たことがわかる。暗い水の中にうごめく魚の気配は、読者の想像に任せます。

「火蛾落つる燈下に湖の魚来る」は、ほどよく省略し、ほどよく言葉を詰め込み、複雑な景を手際よくまとめています。この「ほどよく」が難しい。

作者の視野に読者を招き入れる

読者が読者自身の想像力により、自分の頭で思い描き、自分の目で見たような気分になることが写生の理想です。極論すると、作者は読者にヒントを与えるだけなのです。

そのさい、作者の視野に読者を招き入れるように詠むことが一つのポイントです。

わが橇《そり》の馬が大きく町かくす　高浜年尾

「わが橇」とあるので、作者は橇にのっている。橇をひく馬が目の前にいる。その馬が、作者の視野を遮っている。橇は町の中にいる。雪が積もった町の景は、馬に遮られている。

散文で書くとこういうことです。この内容を「わが橇の馬が大きく町かくす」という十七音にコンパクトに収めました。きわめて自然な感じがします。「わが橇」「町かくす」では文字を惜しんでいます。切れ字はありません。修飾語は、必要最小限の「大きく」だけです。

このような句を得るためには、目に映ったこと、心に浮かんだことを、手際よく五七五の形にまとめる技量が必要です。日常的・習慣的に句作に励み、おびただしい句を作っては捨てる修練によってこのような技量が身につきます。句の出来不出来を見極める自選力を身につけるためには、句会に出席し、すぐれた選者の選に接することが必要です。

俳句の技を磨き、十七音で自由に物が描けるようになるためには、師と仰ぐ選者を持ち、芸の修練とも言うべき俳句体験を積み重ねなければなりません。それでもなお、作った句のうち本当に良い句はごく少数です。歩留まりが悪いのです。俳句はわずか十七音。作った句はどんどん捨て、数多くの句を作ればよいのです。

俳句を詠みこなすための修練は、職人が技を磨くようなものです。このようなところが、桑原武夫の「第二芸術論」をはじめとする、俳句の前近代性を批判する言説に結びつくのでしょうか。目利きにしか通用しない俳句ばかりでは困りますが、十七音という極小の形式を使いこなすには、芸を磨くような過程を避けて通れないことも確かです。

人事句への写生の適用

「火蛾落つる燈下に湖の魚来る」も「わが橇の馬が大きく町かくす」も、写生の技を、景を描くことに用いました。このような写生の技を、人事の素材に適用した例を挙げます。

わがことに及ぶ炉話笑ひ聞き　高浜年尾

炉話は、囲炉裏や暖炉に暖まりながらの語らい。冬の季語です。

この句は、炉話の一場面を描きました。炉話が、作者自身のことに及んだ。作者はそれを笑って聞き流している。

俳句には、炉話の中身を説明するほどの字数はありません。しかし「わがことに及ぶ」と言えば、いろいろなことが想像できます。個人的なことを詮索《せんさく》されているのかもしれない。年長者から意見を言われているのかもしれない。四方山《よもやま》話をしているうちに、話題が自分自身に関することに移って来たのです。そういう場の雰囲気が、「わがことに及ぶ」という言葉の持つニュアンスに反映しています。そのあたり、じつに繊細なタッチの俳句です。

「笑ひ聞き」は何気なく、当り前のような下五です。自分のことを言われている作者は、あえて反応せず、ただ笑って聞き流しています。

年尾の句を三句挙げました。どれも無造作に、無表情に書かれているように見えますが、景や情がごく自然に伝わって来ます。技巧は目立ちませんが、無造作な外見にかかわらず、一字一句に神経の通った句であることを理解すべきです。

出会いがしら

俳句ではよく、取り合わせや配合ということを言います。典型的なのは、第二章で取り上げた松本《まつもと》たかしの「白猫の綿の如きが枯菊に」です。この句を単純化すると「猫が枯菊に」です。じっさい、枯菊のそばに白い猫がいたのでしょう。それをそのまま五七五の形にした。真白な猫とぼろぼろの菊の質感が対照的です。

同じく第二章で取り上げた野見山朱鳥《のみやまあすか》の「火を投げし如くに雲や朴の花」は、雲と朴の花の取り合わせです。朴の花の背景が夕焼けの空なのでしょう。高木の朴と雲との位置関係は視覚的に自然です。色彩的には、赤い雲と白い花が対照的です。

取り合わせの句では、質感や色彩の対照や調和を考え、取り合わせる物を作者が意図的に選ぶ場合があります。そこに作者の構成や計らいが働きます。作者が何かと何かを意図的に取り合わせることは作句の骨法ではありますが、ともすれば予定調和的になりがちです。予定調和を打ち破るには、偶然を生かすことが有効です。

これから取り上げるのは、偶然の出会いを詠んだ、いわゆる、出会いがしらの句です。

灯台の方よりきたる頬被　湯浅桃邑《ゆあさとうゆう》（一九一九〜八一）

防寒のための頬被《ほおかむ》りは冬の季語です。灯台に到る海辺の道。向うから頬被りの人がやって来る。畑仕事か、漁の帰りか。灯台と頬被りの取り合わせは机上の作と思えません。きっと出会いがしらです。この偶然によって、灯台のある風景が、意外なほどのリアリティをもって立ち上がって来ます。

このような偶然に恵まれたとき「おや、頬被りの人だ」と思っただけでは句になりません。そのとき「灯台の方よりきたる」という言葉が、反射的に出て来なければならない。そこで日頃の修練が物を言います。俳句のこのようなところに芸の要素があると思います。

万才《まんざい》の佇《たたず》み見るは紙芝居　高浜虚子

「万才」は新年を祝う門付け芸人。「紙芝居」はその昔、おじさんが子供を集め、飴《あめ》を買わせて見せた街頭の紙芝居です。万才の二人組が、たまたま居合わせた紙芝居を眺めている。「佇み見る」とは、飴を買って子供にまじって見ているわけではない。少し離れたところで突っ立ったまま、見るともなく眺めている。それがいつのまにか本気になって見入っていたのかもしれません。大道芸人の哀感があります。

仮にこの句が机上の作であっても、万才と紙芝居の出会いは偶然と言う他ありません。

俳句という短い詩形がインパクトのある表現を得るためには、取り合わせは重要な技法です。とくに、偶然の力を味方に付けた取り合わせは、作者の力を超えた何かを句に呼び込むことがあります。

写生の生む諧謔

虚子門の俳人である赤星水竹居《あかぼしすいちくきょ》（一八七四～一九四二）が書いた『虚子俳話録』（学陽書房）にこんな一節があります。

昭和十一年の大晦日《おおみそか》、虚子、水竹居等が浅草寺に除夜詣《もうで》をした。帰りの自動車の中で虚子は「私は人が神社仏閣の前に、賽銭《さいせん》を上げたり拝んだりするのを見ると、何だか可笑《おか》しくなります」と水竹居に話した。後日、水竹居は素十に「先生（虚子…筆者注）が可笑しいというのは、決して世間で言うような、浅はかな意味ではない。先生独特の自然観から出た、きわめて俳味のある言葉だよ。つまり人生は、見ようによってはすべてが滑稽だ。人間は真面目になればなるほど滑稽だよ」と語り、素十も「全くそうだ」とうなずいた。

人が真面目なのを可笑しがるのは、虚子や水竹居が嫌な性格だからではありません。「人間は真面目になればなるほど滑稽」とは一面の真理です。

これは私の実体験ですが、中学校の入学式のときのことです。シーンと静まり返った中、新入生の点呼が始まりました。五十音順です。先生が最初に呼んだ名前が「イトウヒロブミ君」。偶然、初代の首相と同じ名前でした（漢字は違います）。一年A組のイトウヒロブミ君は真顔で「ハイ」と返事をする。その瞬間、声にならない痙攣《けいれん》のようなさざめきが式場を覆いました。多くの人が必死で笑いをこらえていたのです。もしも、点呼する教師やイトウヒロブミ君が、面白がったり照れくさがったりする様子を見せていたら、それほどまでに可笑しくはなかったでしょう。入学式の静けさの中で「イトウヒロブミ君」「ハイ」というやりとりが真顔で行われたことが、発作的な笑いを誘発したのです。

真面目である、真顔であることが笑いを誘う。それに似た感覚で、愚直に写生を突き詰めた俳句が、思わぬ諧謔《かいぎゃく》を生むことがあります。その例を挙げます。

海胆《うに》居りて海胆の折れ針ちらばれる　森田《もりた》　峠《とうげ》（一九二四〜二〇一三）

海胆が春の季語です。浅い海でも水槽でもよいのですが、見ると海胆がいる。海胆を眺めているうちに、水の底の物も見えて来る。黒い針状のものが散らばっている。海胆の針の折れたものであろう。今そこにいる海胆のものなのか。別の海胆のものなのか。

水中の海胆を観察した句として、散らばる折れ針はリアルです。過去に見た海胆の様子がありありと目に浮かびます。「ちらばれる」が的確です。折れ針に囲まれている海胆の境涯も、思えばあわれです。あわれながら、ちょっと可笑しくもある。

ここまで海胆を細かく描写する作者の心底も可笑しい。大の男が句帳を手にして、じっと海胆を覗《のぞ》きこんでいる。きっと真顔です。その真顔が可笑しい。海胆も、海胆を見ている作者も、読者も、この句の関係者は全員真面目です。にもかかわらず、どこか可笑しく、ウフッと笑いたくなる。人事句になると、この可笑しさの質は、もう少しはっきりします。

何故にこの教室に来れば咳《せ》く　森田 峠
咳《せき》真似てゐたる生徒らだまりけり
卒業子ならびて泣くに教師笑む

森田峠は教師でした。いずれも教師生活の一こまをたんたんと詠った句です。一句目は、ある教室に入ると必ず咳が出る、というのです。咳が冬の季語です。この教室に来て、また咳をしている。風邪でもないのに、おかしいなあ、この教室と相性が悪いのかなあ、と首をひねる。教師である作者を、俳人である作者が写生しています。二句目は、風邪をひいて咳がとまらないのです。教師が咳き込むのを、生徒達が面白がって真似る。生徒達はわざとらしくゴホッゴホッとやる。教師が怒ったら「勝手に咳が出る」と言い訳する了見でしょう。咳を真似てみたものの、教師の咳がなかなか止まない。苦しそうに咳き込む教師の様子に、生徒達はきまりわるくなった。咳の真似を止め、押し黙ってうつむいている。「だまりけり」の切れ字の「けり」が効果的です。「けり」の余韻のように、教師と生徒達との間に気まずい空気が流れています。

三句目は、典型的な卒業風景。卒業生は並んで泣いている。その様子を見ながら教師はにこにことしている。

いずれも教師の生活がリアルに描写されています。登場人物はみんな真面目です。作者も真面目です。それを読者は、コントを見る観客のように眺めるのです。

落語やコントを見て感じることですが、登場人物が真面目であればあるほど、ムキになればなるほど、見ている者は可笑しい。同じことが俳句でも起こります。そのための条件は、描写がリアルであることです。

ものまねもそうです。漫才師の中川家《なかがわけ》は、駅の自動音声に車掌のアナウンスが割り込むところをものまねで演じます。自動音声「三番線に電車が」、車掌の肉声「三番線に電車がまいります。黄色い線の内側に下がってお待ちください」、自動音声「お待ちください」というだけの芸です。放送の内容は駅でよく耳にするものです。それ自体は面白くも何ともない。それをリアルに写生した行為が笑いを催すのです。

森田峠の句の可笑しみもまた、教師生活の哀歓と、的確な描写の面白みとが結びつくことによって生じるものだと思います。

第六章　俳句の印象派

昭和の俳句革命

これまで、第二章は野見山朱鳥《のみやまあすか》の「火を投げし如くに雲や朴の花」など比喩の句、第三章は高野素十《たかのすじゅう》の「鴨渡る明らかにまた明らかに」など一見無意味のように見える句、第四章は阿波野青畝《あわのせいほ》の「葛城の山懐に寝釈迦かな」など天才の芸、第五章は高浜年尾《たかはまとしお》の「わが橇の馬が大きく町かくす」など俳句における写生について検討しました。この間に取り上げた俳句は、わずか十七音でいかにして物を描くか、あるいは描かないかという点を突き詰めた作品です。

発句《ほっく》が、一句独立の俳句と称されるようになったのは正岡子規《まさおかしき》以降。一句独立の俳句は、一枚の絵や一篇の小説のように自己完結的であることが期待されます。そのためには、十七音しかない短さを何とかしなければならない。鮮やかな比喩や大胆な省略、ときには言葉を極端に少なくする。それによって読者の想像力をフル稼働させる。そのための言葉の仕掛けを磨くことに俳人は注力しました。

　俳句はわずか十七音。大きな仕掛けは出来ません。いきおい、テニヲハなど一字一句にこだわった緻密《ちみつ》な句作りに傾きます。その結果、多くの逸品が生まれました。青畝や素十、年尾などの地味で精妙な句は、いぶし銀、職人芸、底光りなどと形容したくなります。このような至芸は目利きにしかわからない。目利きの中の目利きが「ホトトギス」の選者の高浜虚子《たかはまきょし》だった、というわけです。

　芸としての俳句は、選者の眼力に依存します。いかにすぐれた作品であっても「違いがわかる」読者がいないとその良さが理解されません。

気心の知れた連衆による座の文芸であった俳諧は、一句独立の俳句という自己認識を持つに至り、近代文芸の一角を担う形になったわけですが、文字通り近代的なジャンルへ脱皮してゆくためには、芸から表現、目利きから一般の愛好家、選句から批評への変化を志向した「昭和の俳句革命」が必要でした。

印象派——写実からの自由

　山本健吉《やまもとけんきち》は、水原秋櫻子《みずはらしゅうおうし》の「啄木鳥《きつつき》や落葉をいそぐ牧の木々」を「在来の寂《さび》・栞《しおり》ではとらえられない高原地帯の風光を印象画風に描き出した」（『定本　現代俳句』角川書店）と評しました。「印象画風」（たぶん「印象派風」のつもり）は良い喩えです。西洋絵画について大まかに言うと、印象派以前のダビンチ、ラファエロ、レンブラントなどは総じて、対象を写す絵です。彼らの名画は、写実が精神性を帯びます。

印象派、特にセザンヌ以降、絵は対象をそのまま写すものではなくなりました。マティスやピカソは写実に囚《とら》われることなく、色は色自体、形は形自体として、画布上の平面を埋めて行きました。ここでは、印象派という喩えの意味合いを「そのままの写実からの自由」と捉えたいと思います。厳格な写実にこだわっていては「落葉をいそぐ」という擬人法は使えません。

年尾の「わが橇の馬が大きく町かくす」は、橇に乗る人の目に映るさまを写実した句です。他方、秋櫻子の「高嶺星《たかねぼし》蚕飼《こがい》の村は寝しづまり」に写実は感じられません。思い浮かべるのは「絵」です。暗く塗った夜空にきらめく高嶺星。山の麓《ふもと》に蚕飼の村。画布の下半分に、灯を消して寝静まる家々。目で見たままではない。頭の中での構成を経た風景画です。この句は、好きな色の絵の具を塗るように「高嶺星」「蚕飼の村」「寝しづまり」という言葉を並べました。作者の意図は明確に伝わり、読者のイメージを固定します。

モネの絵が、見る者を揺れ動く色彩に取り込むように、秋櫻子の句は、読者を、叙情的風景に包み込みます。「冬菊のまとふはおのがひかりのみ」や「滝落ちて群青世界とどろけり」などの秋櫻子の名品は、短い十七音を存分に使い、作者の意図を確実に伝えます。

言葉を少なめにして読者に自由に想像させる句から、絵の具を塗るように言葉で塗りつぶした句への変化。それが「昭和の俳句革命」の一面です。秋櫻子以降の句は意図がわかりやすい。読者に親切です。したがって、目利きの選者による品質検査は要りません。作者の立場から見ると、この革命の本質は「芸から表現へ」ということになります。芸としての俳句は、自己や個性を殺し、型に嵌《はま》る。型に嵌ることによって、逆説的な自在さを獲得することがある。句の読みや評価に関しては、目利きが必要です。虚子という偉大な選者の存在を前提とすれば、このような俳句観には大きな意味がありました。芸としての俳句の素晴らしさについては、第二章から第五章にかけてご紹介した通りです。しかし芸としての俳句にあきたらず、俳句もまた、他の芸術と同じような、のびやかな「表現」であるべきだと考える人が現れるのは当然の流れです。

芸から表現へ

水原秋櫻子の「ホトトギス」離脱を端緒とする新興俳句以降、太平洋戦争後の社会性俳句や前衛俳句など、「昭和の俳句革命」とよぶべき俳句の多様化の時代が昭和の後半まで続きました。明治の俳句革命が「発句から俳句へ」だとすれば、昭和の俳句革命は「芸から表現へ」と言うことが出来ると思います。

秋櫻子以前の俳句は、大まかに言えば、花鳥諷詠・客観写生の俳句でした。花鳥諷詠は、俳句の主題は季語だ、という考え方です。題である季語を描くために写生の技を磨く。写生の出来不出来は、目利きの選者である虚子がきっちり吟味する。

十七音の短い詩だからこそ写生しかない、という考え方は一つの覚悟です。しかしそれだけでは、その時代を生きる人間の自由闊達《かったつ》な自己表現とはなり得ない。十七音の短い詩であっても、他の文芸に遜色《そんしょく》のない自己表現の手段となり得るはずだ。そう考えて新たな俳句表現へ踏み出した、その最初の大きな一歩が、秋櫻子の句集『葛飾』でした。

来《こ》しかたや馬酔木《あしび》咲く野の日のひかり　水原秋櫻子

美しい風景と出会った感動を詠むことも自己表現です。「来しかた」は、ここまで自分が通って来たところ。自分を中心にした主観的な物言いです。切れ字の「や」でためを作り、「馬酔木咲く野の日のひかり」と一気に詠む。細かい描写はしない。「馬酔木咲く野」は大摑《おおづか》み。「日のひかり」も漠然としています。しかし緩い句ではない。緊密な調べに一字一句の無駄もない。「来しかた」を振り返って目を閉じ、野の光と大気を感じる。その心地よさの中心にあって、うっとりと目を閉じている作者の存在が感じられます。

こういう句は選句になじみません。うっとりとした気分が句の表面に現れていますから、採る採らないを吟味してもしかたがない。読者はただ、作者が明示する気分をそのまま享受すればよいのです。素十の「鴨渡る明らかにまた明らかに」より、この句の方がはるかにわかりやすい。俳句の目利きでなくても、馬酔木の咲く野の光を感じます。読者が、想像力を言葉の向うに及ぼす必要はありません。句の情趣は「来しかた」「馬酔木」「野」「ひかり」に尽されています。

秋櫻子以降へ

『葛飾』以降の秋櫻子は、長い俳句人生を通じて有季定型を堅持し、典雅な句風を極めました。秋櫻子自身は、俳壇的には中庸ないし保守的な立場でしたが、秋櫻子が解禁した絵の具を塗るように言葉を並べる作り方は、その後の俳句の主流となりました。明確な意図を帯びた言葉で十七音の俳句を塗りつぶすのです。

秋櫻子と同時期に登場した山口誓子《やまぐちせいし》（一九〇一〜九四）の「かりかりと蟷螂蜂の皃《かお》を食む」は、印象的なオノマトペを用い、昆虫界の殺戮《さつりく》の図を生々しく描きました。虚子門の中村草田《なかむらくさた》男《お》の「勇気こそ地の塩なれや梅真白」では、梅という季語が「勇気」や「地の塩」の象徴、悪く言えばアクセサリーのように使われています。

秋櫻子以前からの俳句が、少ない言葉で読者の想像力を刺激する間接的な詠み方だったとすれば、秋櫻子以降は、絵の具で画布を塗りつぶすように、明確な意図を帯びた言葉で十七音を埋め、作者の意図を直接述べる。それは確かに俳句の可能性の拡大でした。作者は言いたいことが言える。目利きの選者に頼る必要はない。読者に理解されやすくなった半面、押しつけがましくなり、おくゆかしさを失ったと言えなくもない。

秋櫻子から波郷へ

秋櫻子門の俳人のうち、石田波郷《いしだはきょう》（一九一三〜六九）と加藤楸邨《かとうしゅうそん》（一九〇五〜九三）は人間探求派と称され、俳句史の一大エポックを画しました。波郷、楸邨もまた有力な俳人を育てました。楸邨門からは沢木欣一《さわききんいち》、金子兜太《かねことうた》など戦後の社会性俳句と前衛俳句を牽引《けんいん》する人材が輩出しました。秋櫻子門には高屋窓秋《たかやそうしゅう》のように、純粋言語体としての俳句を究めた俳人も現れました。

前衛俳句は、社会性志向・現実志向の作家（金子兜太など）と、純粋な言葉志向・芸術志向の作家（高柳重信《たかやなぎしげのぶ》など）に大別されます。秋櫻子の系譜は、楸邨を経由して前者につながるとともに、窓秋を介して後者にも関わります。このことは秋櫻子の歴史的意義を語る上で見逃せません。マネが印象派に通じ、セザンヌがキュビスムを導いたように、秋櫻子は、昭和の俳句史に大きな足跡を残しました。

言葉の絵の具で俳句を塗りつぶすような詠み方を、秋櫻子は叙景句に活用しました。その手法を、人間詠に拡大したのが人間探求派です。草田男・楸邨には次章で触れることとし、本章では、石田波郷を取り上げます。

波郷の意義

俳句のフロンティアは、秋櫻子を境に、仄《ほの》めかす俳句（言葉を控え目にして、読者の想像と察しに期待する）から、述べる俳句（言葉を積極的に使い、読者に述べ伝える）へ移りました。楸邨や草田男の句は饒舌《じょうぜつ》です。句姿の美しさより、述べることを優先した俳句です。それに対し、波郷は、述べることと俳句らしい句姿の両立に腐心した作家です。

それを物語る材料が切字です。波郷の句は、ごく初期は切字が少なく（「吹きおこる秋風鶴をあゆましむ」）、その後、増加しました（「はこべらや焦土のいろの雀ども」）。この点は平成二十六年の第六回石田波郷俳句大会での神野紗希《こうのさき》氏の講演「波郷の俳句と青春」に教えられました。

逆に、秋櫻子は初期の『葛飾』に切字が多く、それ以降減少します。秋櫻子は、切字に代え、中七の字余りを活用するようになったのです（「麦秋の中なるが悲し聖廃墟《せいはいきょ》」）。この点は藤田湘子《ふじたしょうし》が『秋櫻子の秀句』（小沢書店）の中で指摘しています。

昭和俳句における波郷の意義を語るうえで外せないのが、次の一句です。

はこべらや焦土のいろの雀ども　石田波郷

昭和二十一年作。空襲の焼け跡です。当時、波郷は東京の江東区砂町《すなまち》に住んでいました。「はこべら」は春の七草。食糧難の頃ですから、おかずの足しになったことでしょう。

この句の新しさは「焦土のいろ」です。秋櫻子以前であれば「はこべらや焦土に雀屯して」としたかもしれません。厳格な写実にこだわる人は「焦土のいろ」という言葉に違和感があると思います。「焦土のいろ」ではなく、焦げた色や、家が焼け落ちて剝《む》き出しになった土の色などを具体的に示すべきだとの批判はありそうです。しかも「焦土のいろ」は、言葉の上では「雀ども」に掛かります。空が雀色に薄暗くなる夕暮れのことを「雀色《すずめいろ》時《どき》」と言いますが、この句は雀を「焦土のいろ」にしてしまった。たしかに雀は焦げたような、くすんだ色をしています。丁寧に言えば「焦土に、焦土のような色の雀が居る」となりますが、言葉を省いたのです。

厳格な写実の目で見れば、突っ込みどころのある句ですが、メッセージ性は高い。雀にも焦土の色が及んでいる。その悲しみは濃厚です。他方「はこべら」の季節感や「雀ども」という呼びかけ口調が、句に優しさをもたらしています。

戦後日本の庶民感情を詠ったこの句には、「古池や蛙飛こむ水のおと」と同じ、切字の「や」が使われています。「古池や」の「や」は古池という空間を浮かびあがらせるためのためですが、「はこべらや」の「や」には、当時の日本人の嘆息と希望が渾然となった情感が託されています。それ自体に意味のない「や」の向うに、簡単には言葉に出来ない感情があるのです。

この句は、「はこべら」という季語を生かした点では花鳥諷詠的です。「焦土」の嘆きを「や」という切字に託したところは古典的。「焦土のいろ」という斬新《ざんしん》な表現は「昭和の俳句革命」的です。十七音に俳句の表現史が凝縮されたような句であり、俳句の古典性と現代性を止揚しようとした波郷の面目躍如たる作です。

波郷の境涯

中村草田男の「此日《このひ》雪一教師をも包み降る」は二・二六事件に対する所感。加藤楸邨の「税吏汗し教師金なし笑ひあふ」は終戦後の貧しい時代の詠です。草田男と楸邨は教師でした。波郷の境涯は結核との闘いでした。

今 生 は 病 む 生《しよう》 な り き 烏《とり》 頭《かぶと》　石田波郷

「はこべらや」は、季語を生かしながら「焦土」を詠った社会詠でした。一方この句は、生涯にわたる結核との闘病を詠った境涯詠です。

波郷は、胸部の手術を詠んだ「夜半《よわ》の雛肋《ひなあばらさ》剖きても吾死なじ」や、病床での日常を詠んだ「病む六人一寒燈を消すとき来」など、多様な闘病詠を多数残しました。その中にあって、「今生は」の句は個別の事柄を捨象し、自分の生をただ「病む生」という一言で言い切った。「今生」とは現生《げんしょう》。前世や来世を意識した言葉です。今回の生はただ病むばかりの生であったというのです。

「今生は病む生」は、ある意味、あまりにもベタな物言いです。ただ一色のはっきりした色の絵の具で塗りつぶしたような詠み方は、秋櫻子が口火を切った「昭和の俳句革命」以後のものです。ベタであるがゆえに、「今生は病む生なりき」という言葉は、波郷という個を超え、世の多くの病む人の嘆きを代弁します。すべての病める者の嘆きが、宙づりの観念で終わらないのは、鳥頭《とりかぶと》という季語が、上五中七をしっかりと受け止めているからです。

凜《りん》と美しく、毒があり、秋の山に淋しげに咲く鳥頭に、名状しがたい一切の思いが託されています。

句集による演出

「ホトトギス」の俳人にもすぐれた闘病詠があります。脊椎《せきつい》カリエスで亡くなった川端茅《かわばたぼう》舎《しや》の「とこしへの病軀《びようく》なれども青き踏む」の「とこしへの病軀」は、波郷の「病む生」に近い。茅舎を敢えて従来型の俳人と呼ぶならば、波郷の句は従来型の闘病詠とどこが違うのでしょうか。

相違点の一つは、季語と病気の関係です。従来型の闘病詠では、松本《まつもと》たかしの「芥子《けし》咲けばまぬがれがたく病みにけり」もそうですが、句の中心は、季語（踏青、芥子の花）です。病気は、季語を演出する材料として使われています。逆に波郷の句では「病む生」が主役です。「鳥頭」は「病む生」を引き立てる重要な脇役です。

従来型の闘病詠は、己の病状を写生します。たとえば茅舎の「咳かすかかすか喀血《かつけつ》とくとくと」のように。そのためか、内に籠《こも》る詠み方になりがちです。波郷の「病む生」は、思いをはっきりと吐露します。すべての病人を代表して、世に訴えるような詠み方です。

おしまいに「昭和の俳句革命」が句集に与えた影響に触れます。高浜虚子以前の句集は、たとえば虚子の『五百句』のように、一巻を貫くテーマ性はありません（長谷川素逝《はせがわそせい》『砲車』の戦場詠、森川暁水《もりかわぎようすい》『黴《かび》』の貧困詠など例外もあります）。個々の句の主題はそれぞれの季語（季題）だからです。歳時記のような季語別編集の個人句集も多く見られます。

一方、秋櫻子の『葛飾』は、「葛飾や桃の籬も水田べり」の如く、昔懐かしい風景を詠った叙情的な叙景が一巻を貫きます。波郷の『惜命《しやくみよう》』はまさに闘病記。茅舎の闘病詠が純然たる花鳥諷詠句と混在しているのとは対照的です。「昭和の俳句革命」はテーマ性のある句集編纂《へんさん》への道を開きました。

本章では「昭和の俳句革命」の先駆けであり、自由で主情的な詠い方の解禁者となった水原秋櫻子と石田波郷を、絵画の「印象派」に喩えてみました。

第七章　人間探求派をめぐって

人間探求派

昭和の俳句史に「人間探求派」という言葉が登場します。『俳文学大辞典』に、

昭和一〇年代、中村草田男《なかむらくさたお》・加藤楸邨《かとうしゅうそん》・石田波郷《いしだはきょう》らによって確立された新句風、ないしは彼らのグループを指す。（中略）楸邨はのちに「本来の立場はヒューマニズムを基底とするものであるから、人生派と名づけるほうが妥当であろう」〈『近代俳句』〉と述べた。俳句の伝統的固有性を尊重しつつ人間の回復を意図したその志向は、「伝統・新興両派を止揚した第三の立場」〈『昭和俳句史』〉であったと健吉（山本健吉《やまもとけんきち》…筆者注）は説く。

（項目執筆者　矢島房利《やじまふさとし》）

とあります。

この話を、さらに単純化します。昭和初期の俳壇の主流は、高浜虚子《たかはまきよし》率いる「ホトトギス」でした。虚子の基本理念は花鳥諷詠です。これは、俳句の主題は季語（季題）だとする考え方です。一方で、水原秋櫻子《みずはらしゅうおうし》の「ホトトギス」からの離脱（昭和六年）に端を発した新興俳句運動は、やがて無季俳句を容認するに至りました。革新を追求した結果、季語を伴わない書き方が必要になったのです。

これに対し、季語を堅持したのが「人間探求派」です。『俳文学大辞典』に「俳句の伝統的固有性を尊重」とあるのは、具体的には季語のことです。波郷が重視した切字などの俳句的格調も「伝統的固有性」に含まれます。

伝統派（＝虚子派）、新興俳句、人間探求派の関係を、季語を軸にして単純化・図式化すれば、以下のようになります。

伝統派…俳句の主題は季語（季題）である。季語がなければ俳句とは言えない。
新興俳句…俳句の主題は人間や社会である。季語はあってもなくてもよい。
人間探求派…俳句の主題は人間や社会である。やはり季語は必要。

ここで虚子の言葉を引きます（「花鳥諷詠」「玉藻」昭和二十七年二月号所収。岩波新書『俳句への道』。引用時、解説上の便宜のため番号を付した）。

①文芸は人の心を詠ふもの（詩は志なり、という言葉があるやうに）である以上、何も季題に束縛される必要はないではないか、といふ議論は、詩論としては正しい。が、俳句論としては成り立たない。季題といふものを除いては俳句はあり得ない、それは俳句ではない只《ただ》の詩となる。詩としては成り立つが俳句としては成り立たない。

が、それらの人は尚《なお》これを俳句と称《とな》へたがつて居るやうである。それは詩として存在が薄弱であるから、俳句といふ母屋を借りて其《そ》の軒下に住まはうといふのである。それは弱い。弱い人のする事だ。

②生活派人生派、といふやうな人が、其の志を詠はうとするのに季題が必要なのであらうか。私の考へでは季題は寧《むし》ろ邪魔になるのではなからうか。（略）季題に頓着《とんじゃく》なく詠ふ方が深刻で且つ自由であらうと思ふ。（略）

俳句は生活を詠ひ人生を詠ふ文芸としては、さうつき詰めたせつぱ詰まつた（他の或《ある》文芸が志してゐるやうな）ことは詠はうとしても詠へない。それはなぜかと言へば季題があるからである。（略）

所謂《いわゆる》生活派人生派と称へる人の俳句をよんで見ても、格別刺激を受くるものはない。これは季題を用ゐてゐるため、勢ひさうならざるを得ないのである。

この文章は昭和二十七年に書かれたものです。それまでの十数年来、新興俳句や人間探求派の動きを見て来た虚子は、その上で、あらためて「花鳥諷詠」を宣言したのです。

前半①は、新興俳句を念頭に置いた無季俳句の否定です。季語を俳句の条件と考えるならば、論理必然的に、無季の句は俳句ではない、ただの詩だという理屈です。

後半②は、人間探求派への疑問です。「生活派人生派」には「季題は寧ろ邪魔になるのではなからうか」とは、極めてまともなツッコミです。十七音における季語の重みを考えれば、季語をどう生かすかという問題は、人間探求派とて避けて通れません。

このような虚子の口ぶりに、傲慢《ごうまん》で教条的な季題至上主義を感じる読者もあると思いますが、虚子が小説家でもあったことも考えると、俳句の「先天的に極《き》まつた性質」に対する虚子の見方には相応の客観性があると思います。

俳句は激越な文学ではない。それは先天的に極まつた性質である。それは季題といふものがあるからである。

（前掲『俳句への道』）

本章では、あえて季題至上主義者たる虚子の目を借り、人間探求派が「伝統・新興両派を止揚した第三の立場」たり得たかどうかを考えます。

草田男の「金魚」

金魚手向けん肉屋の鉤に彼奴を吊り　中村草田男

「彼奴」を、肉屋の鉤に吊るというのです。八つ裂きにしてやりたいほどの怒りと憎しみです。肉屋の鉤に肉塊となってぶら下がったあかつきには金魚を手向けてやる、というのです。

虚子はこの句を含む草田男作品（「響呼んで来る夜番より吾《あ》は惨め」「枯枝婆娑心労斯くては肺いかに」「人あり一と冬吾《あ》を鉄片と虐げし」）を「ホトトギス」昭和十四年七月号の雑詠《ざつえい》巻頭に推しました。さらに「金魚」の句と「鉄片」の句を『ホトトギス雑詠選集』に収録しました。虚子はこれらの句を高く評価したのです。

虚子は「ホトトギス」の「雑詠句評会」で、これらの句を、

その近代的であって俳諧味が尠《すくな》い草田男君のものですらもが、それが俳句であるが為に、即ち季題が有るために、いくらか其感情にゆとりが有ることになってをる。即ち、茲《ここ》にある「夜番」「枯枝」「冬」「金魚」等の言葉に依《よ》って其《それ》等の季題から受くる連想か

ら幾らかその感じが柔らげられてくるといふことは否めない。（略）俳句たり得る要素はそこにある。

（「ホトトギス」昭和十四年八月号。傍点は筆者）

と評しました。また、ある座談会で「この句は或男が草田男に金を借りて返さないんだ。草田男が、非常に怒つて、この句が出来たんだ。其憤りが出てゐると思つてホトトギスに採つたんだ」（筑紫《つくし》磐井《ばんせい》編著『虚子は戦後俳句をどう読んだか』深夜叢書社）と言っています。その一方で「所謂生活派人生派と称へる人の俳句をよんで見ても、格別刺激を受くるものはない。これは季題を用ゐてゐるため、勢ひさうならざるを得ない」（前掲『俳句への道』）とも言う。

「生活派人生派」的な俳句にとって、季語はプラスに働くのか、マイナスに働くのか。「ゆとり」をもたらすクッションなのか、「刺激」を減じるブレーキなのか。

虚子の言は昭和十四年と昭和二十七年とで前後相矛盾するようにも見えますが、季語が句の要《かなめ》として有効に機能しなければならない、という意味では首尾一貫しています。

草田男のこの句も「肉屋の鉤に彼奴を吊り」だけであれば、「あいつめ、殺してやる」と叫んでいるに等しい。これだけでは一片の詩のかけらもない。ただの恨み言です。そこに「金魚手向けん」という場違いな発言が伴うと、そこにユーモア（虚子の言う「ゆとり」）が生じ、激越な恨み言と、すっとぼけた「金魚手向けん」とのミスマッチから詩が生まれます。
草田男に理解があった松本《まつもと》たかしは、「雑詠句評会」で次のように言います。

「即ち肉屋の鉤に彼奴を吊り」といった想像を思い廻《めぐ》らし、昂奮《こうふん》状態の中に居た作者の身近《みぢ》かに金魚鉢でもあって、赤く動いている金魚に眼の止った時「金魚手向けん」という不思議な写象を把《とら》え得たのではあるまいか。（前掲「ホトトギス」昭和十四年八月号）

たかしは、金魚を実景とみなすことにより、草田男の句が花鳥諷詠の枠に収まっていると言いたかったのでしょう。当時の「ホトトギス」内部には、草田男の奇矯な作風に対する批判がありました。たかしの発言には、草田男擁護の意図が感じられます。

楸邨の「野分」

死ねば野分生きてゐしかば争へり　　加藤楸邨

昭和二十一年作。「死ねば野分」で切れます。死んだ者は野分となって吹き荒れ、生きている者は相争っている。「死ねば野分」は省略を極めたフレーズです。私は、死者の魂《こん》魄《ばく》あるいは思念が野分となって吹き荒れていると解しましたが、必ずしもそうと限定するものではありません。死者を葬った土に野分が吹きつけていると解してもよいし、死後の空間を野分が吹き荒れていると解してもよい。鑑賞に幅があってよいのです。

戦後の世相を詠んだ句です。もっと普遍的に、死ぬも修羅、生きるも修羅というような世界観を詠んだ句と解してもよい。

このような思想を託する器として「野分」を用いたと考えれば、思想が主、季語が従です。これが人間探求派的な読み方です。

じっさいに野分が吹いている、その野分の凄《すさ》まじさを表現するために「死ねば野分」と言ったと考えれば、季語が主、思想が従です。これが季語中心の読み方です。

季語が主か従かは、句を読むときに句のどこに重点を置くかによって違います。そのいずれであっても、人間存在の暗さを詠ったこの句の迫力に変りはありません。

「かなしめば」と「よろこべば」

季語が主か従かについて、別の作例を見ます。

かなしめば鵙《もず》金色の日を負ひ来《く》　加藤楸邨

よろこべばしきりに落つる木の実かな　富安風生《とみやすふうせい》（一八八五〜一九七九）

前者は人間探求派の楸邨らしい作。後者は花鳥諷詠的な作です。

散文に書くと、前者は「かなしんでいると、金色の夕日を背景に鵙が飛んできた」。後者は「よろこんでいると、そのへんの木の実がしきりに落ちた」。意味の上では、かなしむかよろこぶか、鵙が飛ぶか木の実が落ちるかの違いですが、句の肌合いは大いに違います。

鵙が「金色の日を負ひ来」は尋常ではない。ふつう、夕日の前をサッと飛び過ぎる程度でしょう。「かなしめば」を受け止めるためには、鵙は金色の日を背負わなければならない。そこに思いの強さが表れます。「金色の日を負ひ来」は演出です。誇張です。しかし人間には、こういう感情、こういう思いにかられることが確かにあります。この句が自分の思いを代弁している、と感じる読者は少なくないと思います。

「御空より発止と鵙や菊日和　川端茅舎《かわばたぼうしゃ》」の如く、鵙という鳥は鳴き声が鋭く、俊敏・精悍《せいかん》な感じです。「かなしめば」に合っています。鴨などではさまにならない。かといって鷲《わし》や鷹《たか》では大げさです。「かなしめば」を演出する道具として季語を扱うという考え方を是とするならば、鵙は正解です。

一方、風生の句は、「木の実かな」という下五からも察せられるように、木の実が主題です。「よろこべば」は作者の感情でありますが、それは「しきりに落つる」を導き出す巧みな語り口に過ぎない。

楸邨の句では、「かなしめば」を演出する手段が「鵙」。風生の句では、「木の実」を演出するための手段が「よろこべば」です。人間探求派と花鳥諷詠派では、句の中での季語の位置づけが違います。

震災詠

震災を詠む場合にも、季語をどう扱うかという問題が生じます。二〇一一年三月十一日に発生した東日本大震災の罹災《りさい》者である宮城県在住の高野《たかの》ムツオ（一九四七〜）の『萬《まん》の翅《はね》』に次のような句があります。

四肢へ地震《ない》ただ轟轟と轟轟と　　高野ムツオ
車にも仰臥《ぎょうが》という死春の月
人呑みし泥の光や蘆《あし》の角《つの》

地震に季節性はありません。地震そのものを詠んだ「四肢へ地震」は無季です。

「車にも仰臥という死」は津波に襲われた自動車でしょう。その惨《むご》い姿に対し「春の月」

は優しい。虚子の言い方を借りるなら、津波という「せつぱ詰まつた」事象を詠うとき「春の月」という季語が「邪魔になるのではなからうか」。この問に対する答は「季題が有るために、いくらか其感情にゆとりが有る」という虚子自身の言葉の中にあると思います。

高野ムツオは罹災者です。俳句はマスコミの報道とは違います。災害の苛酷《かこく》さを訴求することが目的ではありません。俳句は生身の人間が思いを託す器です。「仰臥という死」を照らす「春の月」によって、作者自身の、また読者の心に「ゆとり」が生じるとすれば、俳句はそれでよい。さらに言えば、俳諧的な「春の月」と「仰臥という死」との異様なミスマッチが、震災を体験した作者の、言葉にし難い心の深奥を反映しているとも思えます。

「人呑みし泥の光や蘆の角」は、蘆の角（蘆の芽）が春先の景物らしく描かれており、三句の中で最も花鳥諷詠的です。しかも蘆の芽をはぐくんだ泥は「人呑みし泥」である。その一事を以《もっ》て、この句は、震災詠と花鳥諷詠との止揚をなし得た作と言えると思います。

虚子は鎌倉で関東大震災に遭いました。虚子の次男の池内友次郎《いけのうちともじろう》がその様子を書き残しています。

父が、庭の垣根のそばで、一本の木に手をかけ、白面そのものの表情で、茫然《ぼうぜん》と立っていた。私たちの視線が合ったとき、父は何故かにやりと笑った。（略）家はほとんど倒壊しかかったほど傾いたが辛うじて崩れ落ちなかった。（略）鎌倉は惨憺《さんたん》たるものであった。（略）津波があった。数日後海岸に行ったとき砂浜が広くなったと感じたが、それは隆起があったのと砂浜沿いの家が海にさらわれて無くなっていたからであった。

（『父・高浜虚子』）

虚子自身は震災を句に詠むことについて次のように述べています。

あの破壊力の強い地震、あんな地震になると短い俳句で何が描かれやう、何が歌へやう、全く殺風景といふ一語に尽きるやうに思ふ。さういふ場合に名句を作るといふやうな芸当は私には出来ない。由来大事の場合に句を作るとか歌を読《ママ》むとかすることはよい加減のものである。其は俗間に喧喧《けんけん》するには足りやうが、実際碌《ろく》なものが出来る気づかひはない。

（「ホトトギス」大正十二年十一月号）

これはこれで一つの見識です。しかし、高野ムツオの句は、名句を得ようとしたものでも、「よい加減のもの」でも、「俗間に喧喧する」ものでもない。罹災した人が偶々《たまたま》、力量のある俳人であった。そして、惨状を見た生身の人間の、言葉になるかならないかのぎりぎりの思いを辛うじて俳句に託した、と言うべきでしょう。

俳句技術的には、無季も含む多様な句の書き方を駆使し得たことが、ムツオの震災詠を一般読者の鑑賞に足るレベルの作品にしています。関東大震災における虚子は、花鳥諷詠的俳句観の制約を自らに課したわけですが、虚子の考える俳句の限界を突き破った「昭和の俳句革命」の影響は、高野ムツオの震災詠にも及んでいると考えてよいと思います。

第八章　短さを極める

自由律俳句

俳句は短い詩ですが、五七五の定型があり、季語があり、ときには「や」「かな」などの切字を伴います。このような仕掛けがあるので、短くても、ひとかどの定型詩らしく見えます。

このような言葉の仕掛けを捨て、短さだけを徹底的に追求するとどうなるか。たとえば、次のような作品が生まれます。

ずぶぬれて犬ころ　住宅顕信《すみたくけんしん》

ずぶぬれの犬、ただそれだけのこと。それ以上でも以下でもない。

「ずぶぬれ」は名詞です。「ずぶぬれる」という動詞はない。「ずぶぬれて」は造語です。ふつうの言い方は「ずぶぬれの犬ころ」ですが、それでは「ずぶぬれて犬ころ」のような力強さは得られません。「ずぶぬれて」と強引に言ったところが句の力となっています。「犬ころ」という言葉もこの句の眼目です。必ずしも子犬でなくてもよい。そのへんのふつうの犬であっても、憐《あわ》れにも雨に濡《ぬ》れたちっぽけな生きものという思いが「犬ころ」という俗語に託されています。

この作品には季語も定型もありません。五音（ずぶぬれて）・四音（犬ころ）から成る九音です。しかし俳句とみなされています。なぜこのような作品が、たんなる短詩あるいは一行詩でなく、自由律俳句と呼ばれるのでしょうか。

八木重吉《やぎじゅうきち》に「感傷」と題する、以下のような一行の詩があります（『秋の瞳』所収）。

赤　い　松　の　幹　は　感　傷

この詩は九音（赤い松の幹は）・四音（感傷）の十三音です。

重吉の「詩」の如く、顕信の「月が冷たい音落とした」にそれらしい題をつけ、「詩」と称しても不自然ではない。

自由律はなぜ俳句なのでしょうか。その答は、自由律が有季定型へのアンチテーゼから生まれたという歴史的経緯にあります。ようするに、季語も定型もない自由な俳句として生まれたがゆえに、それは俳句なのです。

有季定型へのアンチテーゼ

自由律の創成期の人々の言葉に耳を傾けます。以下は、中塚一碧楼《なかつかいっぺきろう》（一八八七～一九四六）の言葉です（『現代俳句集成別巻（二）』河出書房新社）。

私の詩を俳句だと云《い》ふ人があります。俳句ではないと云ふ人があります。私自身は何と命名されても名なんか一向に構はないんです。（略）私は俳句から最も大切な季題趣味といふものを何とも思つてゐませぬ。（略）私の詩に「紅葉かな」と這入《はい》つて居るからと云ふて直ぐ昔からの紅葉の季題趣味から出立した作詩だと思はれたくありませぬ。（略）形式も十七字そこらにならうと三十一字そこらにならうと幾字にならうと構ひませぬ。私が書きたい様な形式に書きます。（以下略）

（大正二年十二月「第一作」）

一碧楼は「病めば蒲団《ふとん》のそと冬海の青きを覚え」のような鋭い感覚の句を残しました。一碧楼には「冬海」が季語だという意識はなく、それは自然体の詩語なのです。一碧楼は、自分の詩が俳句であろうがなかろうが、どちらでもよいと言います。だからといって一碧楼の作品が俳句と全く無関係に現れたわけではありません。有季定型から出発した一碧楼の句には「千鳥鳴く夜かな凍《い》てし女の手」のような浪漫的傾向があり、より自由な表現を求めて自由律に到ったのです。

自由律が有季定型に対するアンチテーゼであることをはっきり述べたのは、荻原井泉水《おぎわらせいせんすい》（一八八四〜一九七六）です。以下は井泉水の『俳句提唱』（大正六年　層雲社）の一節です。

□我々は旧来の俳句に於《お》いて、俳句としての約束を教へられてゐた、その約束に依つて句作してゐたのである。我々の生きた感銘をうちつけに俳句として詠つてゐたのではなかつた。与へられたる因襲を貴びすぎて我々の偽らざる印象を殺して居たのであつた。

□我々は旧来の俳句に於て、俳句といふ既成の型を与へられてゐた、それに当てはめて句作してゐたのである。俳句といふ詩のリヅムをさながらに表現することが許されなかつた。つまり、我々は俳句の形式に捉はれすぎて、其の精神を逸してゐたのであつた。

□古来の俳句といふ約束に典拠することのみを能事としてをるならば、我々は極めて安易な心持で句作してゐることが出来やう、然《しか》し、我々の純真な詩的表現が夫《それ》で満たされるのであらうか、特に我々の個性の自覚が鮮かになればなるほど、さうした妥協的な態度に堪へられなくなつて来るではないか。

□従来の俳句といふ疇型の中に立籠つてをるならば、俳句はいつまでも太平の夢を味つてゐることが出来るであらう。然し、それで純粋な芸術としての価値を保ち得るであらうか。所謂、月並といふ如き詩の堕落も畢竟《ひっきょう》はさうした因循な形式主義に固定する所から生ずるのではあるまいか。

「からすを呼んでいるのがからす　荻原井泉水」や「陽へ病む　大橋裸木《おおはしらぼく》」のような季語も定型もない作品を、俳人を名乗る作者が俳句と称することに対し、それは俳句ではないとする反応は当然あり得ます。以下は高浜虚子《たかはまきょし》の言葉です。

一時俳句にも季題は不必要だ、なくつてもいゝと云ふ説もあつた。今でも少数の人はさう言つて居る（略）

何も季題に束縛される必要はないではないか、といふ議論は、詩論としては正しい。が、俳句論としては成り立たない。季題といふものを除いては俳句はあり得ない、それは俳句ではない只の詩となる。（略）

が、それらの人は尚これを俳句と称へたがつて居るやうである。それは詩として存在が薄弱であるから、俳句といふ母屋を借りて其の軒下に住まはうといふのである。それは弱い。弱い人のする事だ。

（「花鳥諷詠」「玉藻」昭和二十七年二月号所収。岩波新書『俳句への道』）

この言葉は、直接には新興俳句を念頭に置いたものです。昭和期に現れた新興俳句は「しんしんと肺碧《あお》きまで海のたび　篠原鳳作《しのはらほうさく》」（「海の旅」『現代俳句・第三巻』）のような無季の秀品を生みました。無季俳句は、季語はないものの五七五の定型は備えています。連句の雑の句と同じです。自由律より無季俳句の方が、俳句度が高いのです。

他方、虚子の言う花鳥諷詠は、俳句は季語（季題）を詠う詩だとする理念です。虚子にとって有季は譲れない一線でした。当時の虚子にとって、流行が去った感のある自由律より、いまだ熱の冷めやらぬ無季俳句の方が、俳句度が高い分、危険度が高いと思われたのでしょう。

自由律にもあてはまる虚子の無季否定論と、「純真な詩的表現」を求める井泉水の見解の相違は、少なくとも表面的には、俳句の定義の問題です。自由律や無季俳句の存在が文学史的事実である以上、定義の是非を問うてもしかたがない。むしろ有季定型の実作者が、自由律や無季俳句を有季定型に対する挑戦と考え、有季定型であることの必然性を感じさせるような俳句を作ることが生産的な態度だろうと思います。

有季定型との比較

ここで、自由律と有季定型の作例を比較・対照します。

無礼なる妻よ毎日馬鹿げたものを食わしむ　橋本夢道《はしもとむどう》
日々名曲南瓜ばかりを食はさるゝ　石田波郷《いしだはきょう》

いずれも終戦直後の食糧難を詠んだ句です。橋本夢道（一九〇三〜七四）の句は、ぼやき、おどけるような口調です。波郷の句は、五七五のリズムゆえの詠嘆性を帯びました。両句の違いは、句が内包する感情を自然な流露に任せるか、定型に託すかの違いです。

萩が咲いてなるほどそこにかまきりがをる　種田山頭火《たねださんとうか》
打水《うちみず》や萩より落ちし子かまきり　高野素十《たかのすじゅう》

いずれも萩と蟷螂《かまきり》が登場する花鳥画風の叙景です。山頭火の句は萩が咲いている。素十の句は咲いていない。素十の句の「萩」は季語でなく、植物の名です。

素十の句には「打水」と「子かまきり（蟷螂生《とうろううま》る）」の二つの季語があります。いずれも夏季。いわゆる季重なりですが、景として自然であり、難ずる必要はありません。

素十の句は「打水」も含めた複雑な情景を五七五に収めました。簡潔な表現が読者の想像を喚起します。山頭火の「なるほどそこに」は冗長です。呟きが呟きのまま終っています。

自由律の自由さは諸刃の剣です。季語と定型の恩恵を受ける有季定型句は、季語と定型を生かすことに責任を負います。季語と定型に依存しない自由律は、有季定型よりハイリスクの道かもしれません。しかし有季定型とは異なる輝きを見せることは、確かにあります。

住宅顕信――自由律と境涯①

一碧楼や井泉水は、明治から大正にかけての新傾向俳句から自由律に至る文学運動の担い手として登場した俳人ですが、種田山頭火（一八八二〜一九四〇）や尾崎放哉《おざきほうさい》（一八八五〜一九二六）は、そのような文学史的文脈とは別に、その境涯への関心によって広く読まれている俳人です。境涯と作品の関係は文芸一般の主要テーマですが、自由律においては特に境涯と作品との一体化が目立ちます。呟くような言葉の断片を理解するためには、作者の人物像が不可欠という面もあるでしょう。放哉や山頭火の人気のゆえに、結果的に、自由律といえば「破滅型」というイメージが定着してしまった、という面もあると思います。

以下、作者の境涯と作品との関係が、特に尖鋭な形で現れた例を取り上げます。しかも「短さを極める」という観点から、なるべく短めの作品を拾います。

まずは、住宅顕信（一九六一〜八七）です。生没年からわかるように、放哉の末裔《まつえい》と呼ぶべき世代です。年譜によれば、中学卒業後に調理師学校に進み、働きながら詩作や仏教を学ぶ。通信教育で僧侶《そうりょ》の資格を得て得度。十代で同棲《どうせい》経験あり。結婚し、長男を授かるが、白血病に罹《かか》り離婚。病室で長男を育てる。二十五歳で逝去。句友の手で刊行された遺句集『未完成』の鬼気迫るような作品は広く注目されています。その生涯は『ずぶぬれて犬ころ』(二〇一八年、本田孝義監督)として映画化されました。

顕信の特徴は、前掲の「ずぶぬれて犬ころ」のような短律ですが、比較のため、長めの作品も引用します。

月が冷たい音落とした　　住宅顕信
ひとりにひとつ窓をもち月のある淋しさ

短律と呼び得る一句目は十三音。二句目は二十一音です。二十一音あると、個室から月を見る淋しさがはっきりと言葉で示せます。このとき顕信は白血病のため岡山市民病院に入院中でした。この句を無理やり有季定型風に書くと「月淋し一人に一つづつの窓」とでもするのでしょう。「月」は秋の季語です。

長めの自由律には、ぼそぼそと呟くような味わいがあります。ある境涯を背負った作者の肉声を感じてもよい。山頭火の「うどん供へて、母よ、わたくしもいただきまする」という呟くような句も、山頭火が子供のときに母親が井戸で自殺したという事実を知って読めば、「いただきまする」という口吻《こうふん》が生々しい。

短律の「月が冷たい音落とした」は、鋭く研ぎ澄まされた句です。肉声ではなく、心が捉えた気配をそのまま文字にしたような句です。短律の句には、肉声や境涯性を峻拒《しゅんきょ》するような鋭さがあります。

松尾あつゆき——自由律と境涯②

松尾《まつお》あつゆき（一九〇四～八三）の『原爆句抄』（一九七二年刊私家版『日本の原爆記録十八巻』）から句を拾います。この作者は長崎で被爆し、妻と三人の子を亡くしました。

八月九日被爆、二児爆死、四才、一才、翌朝発見す

すべなし地に置けば子にむらがる蝿

妻を焼く、八月十五日

炎天、妻に火をつけて水のむ

子の墓

石になってとんぼうとまらせている（昭和四十四年作）

たんたんとした口調の自由律は、感情を押し殺したのか、虚脱なのか。独り言のような、

それでいて語りかけてくるような口調が、切々とした読後感をもたらします。

同じ作者の被爆以前の句に「人一人灰にして一かたまりになってもどる」(『原爆句抄』の序に荻原井泉水が引用)があります。この句を見ると『原爆句抄』の文体が決して特別なものではなく、作者が以前から身につけていた語り口であることが察せられます。

対照のため、句集『長崎』(一九五五年刊。句集「長崎」刊行委員会、平和教育研究集会事務局)から、有季定型の作品を拾います。


当日学徒動員の長男大火傷せるを壕に収容、翌朝三菱兵器事務所に長女を探しにゆく、途上水を求むる断末魔の叫ひ数知れず

たかる蠅追ふて火傷の子を看護《みと》る　長崎　河野仙逸
をちこちの荼毘《だび》の煙りや流れ星

家族をなくし家財を失ふ

三伏の焦土に冷たき妻を焼く　諫早　早田鳴風

七高生として三菱兵器に動員中、夜勤上りの就寝中に被爆全身火傷

爛《ただ》れたる身に緑蔭もなかりけり　鹿児島　本田猛火

ナマの呟きのような「すべなし地に置けば子にむらがる蠅」「炎天、妻に火をつけて水のむ」に比べ、「たかる蠅追ふて火傷の子を看護る」「三伏の焦土に冷たき妻を焼く」は型

に嵌《はま》った感じがします。自由律のような、語りかけてくる感じはありません。五七五の型の中に押し殺したように感情が折り畳まれ、じっと堪《こら》えているように思えます。

季語に関しては「蠅」は眼前の現実です。「すべなし地に置けば子にむらがる蠅」の蠅は、あえて季語という必要はありません。「流れ星」や「三伏」には俳句的情緒と句材とのミスマッチを感じます。しかしそのミスマッチが句の力を減じているわけではなく、「緑蔭もなかりけり」に至っては、句形の美しさが「爛れたる身」の痛々しさを際立たせています。

自由律であれ有季定型であれ、俳人はそれぞれが身につけた語り口で眼前の惨状を詠みました。さらに言えば、自由律もまた無限に自由なのではなく、その作者なりの一定のパターンを持った語り口とならざるを得ない。呟くような言葉の断片が詩であるためには、型というものから完全に無縁であることは不可能なのかもしれません。

第九章　五七五の変奏――変則的定型派

字余り

本章では、五七五の定型を、近現代の俳人たちがどのようにアレンジしたかを見ます。まず、定型に関する基本事項として、字余りと字足らずについて、作例を通して見ていきます。

五七五の定型に対し、音数が余るのが字余り、足らないのが字足らずです。字余りの句は多くあります。その程度の甚だしい例を挙げます。

芭蕉野《の》分《わき》して盥《たらい》に雨を聞《きく》夜《よ》哉《かな》　芭蕉《ばしよう》
凡《およ》そ天下に去来程の小さき墓に参りけり　高浜虚子《たかはまきよし》

句に切れ目を入れると「芭蕉野分して／盥に雨を／聞夜哉」「凡そ天下に去来程の／小さき墓に／参りけり」となります。芭蕉の句は八音・七音・五音の合計二十音。虚子の句は十三音・七音・五音の合計二十五音。いずれも、五七五の上五にあたる最初の句が長い。「バショウノワキシテ」「オヨソテンカニキヨライホドノ」という長い上五を、我慢しながら、多少早口で読み下すと、その後の「タライニアメヲ・キクヨカナ」「チイサキハカニ・マイリケリ」は七音五音です。最初の方の甚だしい字余りが軌道修正され、七音五音にすんなりとおさまる句形は、それなりに読み心地がいい。

逆に次のような句は読みにくい。

　みちのくの鮭は醜し吾もみちのく　　山口青邨《やまぐちせいそん》

「みちのくの鮭は醜し」はすんなりと五音七音。下五が七音です。盛岡出身の作者が、みちのくへの愛憎を詠った句です。みちのくで獲《と》れた鮭は鼻が曲がり、見ようによっては醜い顔である。そういえば、自分もみちのくの生まれだ。半ば自嘲《じちょう》。半ばおどけている。屈折した気持ちが、「吾もみちのく」という、舌を噛みそうな口調に表れています。

芭蕉と虚子の句は上五の字余り。青邨の句は下五の字余りです。読み心地を比べると、同じ字余りでも、上五の字余りはあまり気にならない。下五が五音であれば俳句らしい読後感が残ります。下五の字余りは、着地に失敗したかのようで、おさまりが悪い。

字足らず

次に、字足らずの作例を挙げます。

と 言 ひ て 鼻 か む 僧 の 夜 寒 か な　高浜虚子

僧が、何か言って、やおら鼻をかんだ。夜寒ですから懐に手を突っ込んだりしているのかもしれない。卑俗な雰囲気の句です。僧のセリフを省略し、セリフを受けた助詞の「と」から上五が始まります。その上五は四音。そこが字足らずです。この句を読むときは、「と」の前に僧のセリフがあることを意識し、「と」の前で軽く一呼吸置く感じになります。ちょうど音楽の「弱起」（音楽で、曲が弱拍から始まること『広辞苑』）に似た感覚です。そのため、字足らずではありますが、違和感はありません。

物 指 で 脊《せな》 か く こ と も 日 短　高浜虚子

物指で背中をかく。それにつけても冬は日暮が早い、という句です。何も言っていないに等しい、脱力系の俳句です。下五の「ヒミジカ」が四音です。形の上では字足らずですが、じっさいに発音するときは「ヒッミジカ」。関西風なら「ヒイミジカ」。「ヒ」の後に一呼吸置くので、感覚的には五音に近い。この句もまた、字足らずゆえの違和感はありません。

字余りと字足らずはよくセットで語られますが、検討の対象となるのは、主に、字余りです。

句またがり

字余り・字足らずと並び、句またがりもまた、五七五の定型をアレンジする手法です。十七音を、五七五でなく、七五五や五五七の形で使うこの手法は、変則的な句形が面白い効果をもたらす場合があります。

現代の俳人で、この句形をとくに効果的に使ったのが、飯田龍太《いいだりゅうた》（一九二〇〜二〇〇七）と鷹羽狩行《たかはしゅぎょう》（一九三〇〜）です。

なにはともあれ山に雨山は春　飯田龍太

一雨ごとに山が春になる、という心持です。きっちりした五七五ではなく、少し変則的な「なにはともあれ」という七音の上五が、くつろいだ気分を出しています。

句に切れ目を入れると「なにはともあれ／山に雨／山は春」。七・五・五です。音読するときは「ナニワトモアレ、ヤマニアメ、ヤマワハル」と読む。ただし「ナニワトモ」と「アレ」の間に、半拍未満の、あるかないかの息継ぎを入れたい感じがします。それは読者の感覚が五七五に馴染んでいるからです。五七五と七五五の二音のズレがもたらす屈折が、句のアクセントになっています。

落椿われならば急流へ落つ　鷹羽狩行

水に落ちつぐ落椿。自分が椿の花なら、いっそ急流に落ちてやる、というのです。人生に対する覚悟を落椿に託した句かもしれません。

句に切れ目を入れると「落椿／われならば／急流へ落つ」。五・五・七です。音読するときは、当然「オチツバキ、ワレナラバ、キュウリュウエオツ」と読む。さきほどの龍太の句と同様、「キュウ」と「リュウエオツ」の間に、あるかないかの息継ぎがあってもよいと思いますが、それよりも「急流へ落つ」を一気に読んだ方が、椿を押し流す水の勢いが感じられます。

蛇の飢

字余りと字足らず、句またがりの例を見ました。これらはいずれも五七五の定型にちょっとひねりを加えた文体です。大方の俳人は、そういう文体を頻繁に用いるわけでなく、ときおり投げる変化球のように使いこなします。

しかし中には、五七五の定型と異なる変則的な文体が自分の文体になってしまった俳人がいます。その典型が赤尾兜子《あかおとうし》（一九二五〜八一）です。

音楽漂う岸侵しゆく蛇の飢　赤尾兜子

「音楽漂う／岸侵しゆく／蛇の飢」と切って読む。八・七・五の計二十音。音楽が漂う岸辺を、蛇の飢が侵してゆく、というのです。パッと見てすぐにわかるような句ではない。異様です。それにはいくつかの理由があります。

第一は、動詞です。音楽を聴くのでもなければ、音楽が流れてくるのでもない。「漂う」という動詞が怪しげです。「侵す」というくらいですから、精悍な蛇でしょう。大型の蛇かもしれない。川を泳いで来るのでしょう。しかし「泳ぐ」というような具体的な動きを言わず、「侵す」という抽象的な言い方をした。「侵」は、侵入、侵略の「侵」です。「侵しゆく」の「ゆく」があるので、徐々に侵蝕《しんしょく》してゆく感じがします。

第二に「蛇の飢」の「ゆく」が異様です。飢えた蛇ではない。蛇の中の飢が、岸を侵すのです。

第三に構文です。私は「漂う」を連体形と解しました。「漂う」が「岸」に掛かり、「岸侵しゆく」がさらに「蛇の飢」に掛かる。二つの動詞の連体形が入れ子構造になっています。句中の連体修飾語の掛かり具合を意識しながらあえて散文にすると「音楽が漂う岸を、侵しながらゆくのは、蛇の飢である」となります。

この句の特徴は抽象性です。句を読んでも情景は浮かびません。「音楽」も「蛇」も「飢」も何かの象徴のようです。「侵す」の主体が、「蛇」でなく「飢」であることも意味ありげです。「漂う」と「侵しゆく」という二つの連体形動詞が入れ子状になっている構文は読み難く、謎《なぞ》めいた感じを高めます。

第四が韻律です。「オンガクタダヨウ」「キシオカシユク」「ヘビノウエ」という八音・七音・五音の韻律は、のたうつような、からみつくような感じがして、この句の謎めいた感じを深めています。

作者自身はこの句を以下のように自解しています。

その川岸に音楽は流れていなかった。しかし、私の頭のなかは音楽にも似たリズムが堰《せき》をきったように迅速に回転していた。
蛇のすがたは、たしかに見た。屈強な蛇であった。この作は、書けてしまってからひとり歩きをはじめた。この音楽を、日本を離れた東南アジアのどこかの国のものと解されても作者は満足する。蛇を叡智《えいち》の象徴とされるも、またよかろう。ただ「侵しゆく」には戦中体験の痕跡《こんせき》がさだかであろう。

(『現代俳句全集一』立風書房)

兜子の体質

この句は、形の上では上五の字余りですが、赤尾兜子の場合、たんなる字余りでは済まない。このような文体が体質化しています。兜子には、上五が長く、頭の重たい文体の句が極めて多い。その例を引きます。

広場に裂けた木塩のまわりに塩軋《きし》み　　赤尾兜子
ささくれだつ消しゴムの夜で死にゆく鳥

「広場に裂けた木／塩のまわりに／塩軋み」「ささくれだつ／消しゴムの夜《よ》で／死にゆく鳥」と切って読む。それぞれ八・七・五の計二十音、六・七・六の計十九音。兜子の場合、字余りという言葉が似合わないほど、兜子固有の文体となっています。このような変則的な文体が、作者の情感と一体化しているところに兜子という俳人の特質があります。

一句目は「広場に裂けた木」が横たわっている。犠牲者、さらし者のイメージでしょうか。そこにおびただしい塩、軋むほどに大量の塩がある。塩は清浄ですが、無慈悲でもある。裂けた木の傷に塩を塗り込むように、塩のまわりに塩が軋む。

二句目の「消しゴム」の句については、兜子の自解を引きます。

青年期の心のいらだち、あたりをとりまく既成の馴れ合い的な秩序に対する無性な腹だち、酒をあおるぐらいではとても解けない滓《おり》のような不機嫌、そうしたなかで生まれた、というより吐き出した作といった方がよかろう。

夜、それが深沈とするころ、私の使う消しゴムはしだいにささくれだち、朦朧《もうろう》たる私の眼をその白く柔い肌がかすめる。たしかにいま、どこかで知られぬまま絶命する鳥がいる。私は寂しく直感した。

たまたまパウル・クレーの絵を身近においていたように思う。

俳句の日常次元を凡庸に表現するだらしなさを極度に私は嫌っていたようである。

（前掲『現代俳句全集一』）

兜子の暗い内面を反映する如く、「消しゴムの夜」という言い方が奇妙です。「消しゴムの夜で」の「で」は、どこへ掛かるのかわからない。句全体が不安定な感じです。

このような兜子の句質について、詩人の大岡信《おおおかまこと》と作家の陳舜臣《ちんしゅんしん》は次のように述べています。

これらは偶発的に出来あがった句ではない。作者の強靭《きょうじん》な方法意識が作動して初めてつくりあげられる種類の言葉の建築が、ここにはそそりたっていた。では、私は、作者の方法意識の強靭さゆえに感銘を受けたというわけだろうか。そんなことはなかった。明確な方法意識というものの有無で詩のよしあしが決まるなら、こんなに気楽な話はない。赤尾兜子のこれらの句は、そういう局面において私に感銘を与えたわけではなく、むしろ、句を透してのぞきみられる作家の気質、性向の、疑いようのないある種の感じによって、私に鮮やかな印象を与えたのであった。そのある種の感じなるものを、あえて言葉にしてみるなら、どんなに方法的に戦線を拡大してみてもこの俳人についてまわるであろう、強度の内向性という感じであった。（略）句のいわゆる意味に関してはむしろ拡散的、遠心的な度合を増しているのに、句全体からありありと伝わってくるのは、こういう句をつくる作者自身の精神の求心的な渇きにほかならなかった。

（大岡信「赤尾兜子の世界」『歳華集』角川書店）

兜子の俳句は、他人のイメージを峻拒するところがあるようだ。作品に表現されるまでには、作者にしかわからない苦難の凝縮過程があり、それがきびしければきびしいほど、他人のイメージをたやすく迎えいれるのをいさぎよしとしないのであろう。

（陳舜臣「兜子のすがた」前掲『現代俳句全集一』）

阿部完市

五七五の定型を、自分の句質・体質に応じ、意識的に変則的な形に改変する。そのような例として、兜子に加え、阿部完市《あべかんいち》（一九二八〜二〇〇九）の句を引きます。

木にのぼりあざやかあざやかアフリカなど　阿部完市
絹いとすてる風のロシヤの道ばたみえ

句意は明らかです。「木に登って見れば、あざやかあざやか、アフリカなども見えたよ」という天真爛漫《らんまん》。「ふと絹糸を捨てた。風吹くロシアの、道ばたが見えて」という不思議な風景。それぞれの音数は、五音・八音・六音の計十九音、七音・七音・六音の計二十音。
阿部完市を評して飯田龍太は次のように述べます。

アフリカもロシヤも、今日ただいまのそれではない遠い夢の国に思えてくる。しかも幻想というには妙になまなましい感触をもって感覚を刺戟《しげき》する。（略）その折その時の感受を端的に表出して、感性の束縛をみずから解いた。その意味では、阿部完市という俳人は、おのれの個性など信用していない。まして俳句の個性など何の価値をも認めていない。（略）俳句は、俳句を強く意識させることによってこころよい感銘を与える秀句がある。これと逆に、俳句を意識させないたのしさを持つ俳句があってもいい。私にとって、阿部完市の作品は、正しく後者のいいサンプルである。

（「阿部完市の俳句」『現代俳句全集五』立風書房）

自由律ではない

兜子と完市の句の雰囲気は対照的です。

兜子の句は、言葉の鎧《よろい》で重武装したように重い。大岡信は、兜子の句に「強靭な方法意識」と、それにもまさる「強度の内向性」「精神の求心的な渇き」を見出しました。陳舜臣は「作者にしかわからない苦難の凝縮過程」があることを指摘しました。このように謎めいた兜子の句の、そのメンタリティーは、独特の変則的な文体にも表れています。

対照的に、「感性の束縛をみずから解いた」「俳句を意識させないたのしさを持つ」（飯田龍太）と評される完市の句は、ひたすら軽やかです。その軽やかさは、完市流の変則的な文体に由来します。「木にのぼりあざやかあざやかアフリカなど」の楽しさは、「木にのぼりあざやかなるはアフリカよ」に書き換えると、いともたやすく消えてしまいます。

今回、「変則」という言葉を、私は使いました。自らの内面的必然性に従って自分の文体を作り上げた兜子、完市に対し「変則」という言い方は失礼かもしれません。しかし、兜子や完市の文体の面白さは、あくまでも、俳句の正調である五七五とのズレにあります。その点は、定型自体を否定した自由律俳句とは根っこから違うのです。

第十章　言葉が導く風景

俳句の「自分探し」

人は物心がつくと、自分はいったい何ものだろうと考えます。俳句もまた、俳句とは何かというアイデンティティーを求め、たえず「自分探し」をして来た詩形です。

連句の一部であった発句《ほっく》は、近代とともに俳句という独立の看板を掲げるに至りました。現在も、俳人を名乗る多くの人々が多くの俳句を作っています。日本の伝統詩歌の一分家である俳句は今も現役です。にもかかわらず、俳句とは何かという確固たる自己認識が持てない。季語を伴う五七五の短詩という定義すら怪しいのです。

三橋敏雄《みつはしとしお》（一九二〇〜二〇〇一）は次のように言います（傍点は筆者）。

私の概念規定で「俳句とはどういうものかな」と考えると、有季定型の「伝統的」な句、すなわち前に言った「発句」が九十パーセント。あとは、無季の句、そして同根の川柳も並びます。つまり、俳句の中には「発句」があって、無季俳句があって、川柳があって、狂句もあって、国際的な外国語の「俳句」もあって、それらを全部「俳句」と考えると、非常にうまく分類できると思います。「発句」には絶対に季語がなければいけない、五七五である。これは厳然としていますね。そして、川柳と発句は明らかに違うんですが、無季の句を認めると川柳との境目がはっきりしなくなっちゃう。

（「対談　わが俳句を語る」『三橋敏雄』春陽堂俳句文庫）

このように考えれば、俳句は何であって何でないかがはっきりします。俳句の「自分探し」は、もはや定義を問う必要はなく、もっと自由に俳句の可能性を探ればよいのです。

残りの十パーセント――三橋敏雄の無季俳句

三橋敏雄は「発句」が俳句の九十パーセント、残りの十パーセントの中に無季の句があると言います。そう言う敏雄自身の無季の句を見ていきます。

夜　枕　の　蕎《そ》　麦《ば》　殻《がら》　す　さ　ぶ　郡《こおり》　か　な　　三橋敏雄

「枕」を「夜枕」と書くと、句が夜の色を帯びます。「郡」とは「国または県の下の地方区画で、里・郷・町・村などを包括するもの」(『広辞苑』)。ようするに、漠然とした田舎のイメージです。

問題は「すさぶ」です。「風が吹き荒《すさ》ぶ」とよく言いますが、「すさぶ」は「進ぶ」「遊ぶ」とも書き、つのる、遊び慰む、荒廃する、などの意味があります。根っこにある意味は「おのずとわいてくる勢いのままになる、また、気のむくままに事をする意」(『広辞苑』)。

「夜枕の蕎麦殻すさぶ」とはどういう意味でしょうか。夜寝ていると、蕎麦殻が軋む。肌にざらざらと触る。蕎麦殻だから当然ですが、「夜枕」「郡」という言葉にはさまれた蕎麦殻は、とにかく「すさぶ」のです。夜枕の蕎麦殻がすさぶのは、春夏でなく、秋冬の感じがします。かといってこの句に季語はありません。

「実績の面では良い無季俳句っていうのはなかなかできない。難しいわけです。季語のあるほうが、季語の喚起力に頼るっていうか、季語の効用ですね、それをうまく使ったほうがいいことは歴史的にも証明されています」(前掲書)と三橋敏雄は言います。にもかかわらずこの句は「夜枕」「蕎麦殻」「すさぶ」「郡」という言葉の組み合わせによって、深い闇が息づくような言葉の世界を現出させました。

敏雄は、言葉の「喚起力」を最大限に引き出そうとした俳人です。「季語がないと弱いっていうのが、やってみて、なるほどと分って、ちょうどそのときに戦争が勃発するわけですよ。で、戦争っていうのはすごい題だ、ということになるんですね。無季俳句から言わせると」（前掲書）と敏雄は言います。「すごい題」である戦争を、敏雄はどう詠んだのでしょうか。

いつせいに柱の燃ゆる都かな　三橋敏雄

前書はありません。震災や大火の可能性もありますが、立ったままの柱が一斉に燃えるのは空襲でしょうか。「都」という言葉が古風なので、かつての、たとえば応仁《おうにん》の乱の戦火かもしれません。

この点について敏雄自身は次のように自解しています。

空襲による東京焼亡の現実の様相に直《じ》かに際会した上での表現ではない。かの焦土に復員兵として生きて立ち戻った私における、追体験に支えられている。もし弱点が存するとすれば、追体験の不徹底にあろう。しかし、この表現の企図は、空襲下の現実の様相描写にとどまらず、多少なりとも時代を超えようとするところにあった。思えば、かつての私の戦火想望俳句にも通じる、これまた一種の想望俳句である。言いかえれば、机上の作にすぎないが、このことは、さらに現在に至るまでの大方の私の句の成立にかかわる、殆《ほと》んど不変の方法論の基盤といってよいだろう。

（『現代俳句全集（四）』立風書房　傍点は筆者）

「戦火想望俳句」は、敏雄が昭和十三年に発表した「戦争」と題する群作です。「射ち来る弾道見えずとも低し」のような巧みな句は山口誓子《やまぐちせいし》の賛辞を得ました。その一方で、十八歳の少年が想像で戦争を詠むことに対して「三橋少年は、うまさの代りにもつと強く深く悲しく俳句を考へて貰《もら》ひ度《た》いものです」「之の少年作家に、早く思想の陰影を与へよ」（平畑静塔「京大俳句」昭和十四年一月号）との指摘もありました（前掲『現代俳句全集（四）』）。

その後も、敏雄は「戦争」を詠んでいます。

戦争が廊下の奥に立つてゐた　渡邊白泉《わたなべはくせん》（昭和八〜十六年頃の作）
戦争と疊の上の団扇かな　三橋敏雄（昭和五十七年作）
戦争にたかる無数の蠅しづか　同（昭和五十九年作）

戦争は季節性のない事象です。白泉の句は無季です。蠅と団扇は夏の季語です。有季無季の使い分けに関して自覚的な敏雄が、なぜ戦争の句に季語を入れたのでしょうか。

白泉の句は当時の世相をそのまま詠った句です。敏雄の句は戦後三十年を経ての句です。「疊の上の団扇」は懐かしい日本の日常。「蠅」は戦争の犠牲者にたかる死の商人か。いずれも季語でありながらシンボリックな詩語です。敏雄はなぜ、このような句を詠んだのでしょうか。

歳月とともに戦争に関する体験的な記憶は薄れます。戦争は歴史となります。同時代の外国の戦火には想像力で思いを馳《は》せるしかありません。そういう時代に戦争を生々しく想起するためには言葉の力を使うしかない。必要に応じ季語の力を借りる。「いつせいに柱の燃ゆる都かな」について敏雄が述べた「時代を超えようとする」「想望俳句」「机上の作」という点は、この二句にもあてはまります。「団扇」と「蠅」については、喚起力のある季語と戦争を取り合わせたことが、句の厚みになっています。

敏雄は季語にも無季にもこだわりませんでした。テーマとしての戦争にもこだわりはなかった。敏雄がこだわったのは「言葉」です。その俳句観の根底にあるのは、言葉の持つ喚起力への関心です。体験や見聞したことを写生する、言葉に置き換える、説明するのではなく、言葉そのものの喚起力をもとに机上の操作で言葉の世界を構築する。そういう方法論を、敏雄は自覚的に実践しました。三橋敏雄は、言葉に導かれて現れる世界を見続けた俳人でした。

飯島晴子

飯島晴子《いいじまはるこ》（一九二一〜二〇〇〇）も敏雄と同様、「言葉」と徹底的に向き合った俳人です。

天網は冬の菫の匂かな　飯島晴子

「天網」は『広辞苑』によれば「天がはりめぐらした網。是非曲直を正す天道を網にたとえた語」。「天網恢恢《かいかい》疎にして洩《も》らさず」の「天網」です。「天網」と「冬の菫」との間には何の脈絡もありません。

作者は次のように自解します。

「心中天の網島」という文字は、どこにあっても気になっていた。（略）何かの拍子にふっと、「天網は冬の菫の匂かな」という、別の絵が見えた。（略）天に張った、目には見えないこまかい網は、冬の菫の匂と置き換えても不都合ないくらい、互に似ていると思ったのである。ただそれだけのことである。

（『現代俳句全集（五）』立風書房）

「天に張った、目には見えないこまかい網」と「冬の菫の匂」との関係は感覚的にわかるような気がします。しかし、この句で作者が何を言いたいかは不明です。ようするにそう思った、ただそれだけのこと、なのです。

俳句は、俳句以外の言葉に置き換えられるようなものであってはならない。晴子はこの点に徹底的にこだわりました。晴子のいくつかの俳論の一節を引きます（傍点は筆者）。

> 何かが見えた瞬間と、それが言葉になる瞬間とは一枚に重なっているということである。二つの瞬間の間は、無時間、無意識であるということである。俳句というかたちになった言葉で、見たり、思ったり、考えたりするということである。（略）物に出会って、それを散文のかたちで思ったりしては、もうダメなのである
>
> （「写生と言葉」「青」昭和五十年八月号。『飯島晴子読本』富士見書房）

> 俳句は、入口はもちろん、暗闇の中の足跡も全部消されて、突然、ただ出口だけが在るものとして在ることになる。そしてこの出口は、ここで何かが終るのではなく、ここから一つの時空の始まる入口でもある。作品の向うに一つの世界が誘うように始まっていなければ、それは作品とは言えない。
>
> （「言葉の現れるとき」「文学」昭和五十一年一月。前掲『飯島晴子読本』）

俳句において、言葉が現われる以前にすでに或る世界を決めてしまえば、現れた言葉の向うには予定した或る世界が〃詩〃としては顕《た》たず、ただその世界の説明解説がころがることになる。

（「水原秋桜子の意義」「現代俳句ノート」昭和五十四年五月。『現代俳句集成別巻二』河出書房新社）

俳句のように短い定型の形式では、言葉の現れる以前に、微量でも何かが決っているということは絶対のマイナスである。それは、俳句という形式が、俳句という〃かたち〃が、俳句という〃文体〃が、時には授ける理由なしの過分の好意を断ることになるからである。古今の名句はみな、この理由なしの俳句の好意に支えられて名句となった。

（同前）

晴子が執拗《しつよう》に述べているのは、俳句は言葉そのもの、それも五七五の言葉の塊として現れるものであって、俳句以前に予定した何かを俳句で説明するものではない、という一事です。このことを具体的に示します。

①瀧の上に水現れて落ちにけり　後藤夜半《ごとうやはん》

②滝落ちて群青世界とどろけり　水原秋櫻子《みずはらしゅうおうし》

①は、言葉とともに滝が現れたような句です。一行に書かれた一本の棒のような句の形が、ただ滝であるというだけの純粋なイメージを喚起します。この句の言葉がもたらす瀧の世界は、この句から始まるのです。「俳句というかたちになった言葉で、見たり、思ったり、考えたり」した俳句であり、「俳句という〃かたち〃が、俳句という〃文体〃が、時には授ける理由なしの過分の好意」を得た句と言えるのではないでしょうか。

一方、②は、滝の響きや草木が青々と茂った周辺の風景という「或る世界」があり、それを「群青世界とどろけり」という言葉で「説明解説」した句のように思えます。

どちらも滝を詠った句ですが、①から受ける感じは、俳句以外の言葉では説明しづらく、俳句となる以前に何かを予期した形跡はありません。逆に②は「滝の周りは青々と草木が生い茂り、滝の音が轟々と響いている（那智の滝とはそういうものだ）」という「予定」をそのまま俳句に置き換えました。そのさいの工夫の跡が「群青世界」「とどろけり」という、力んだ言葉となって、ありありと残っています。

「書き」つつ「見る」行為

飯島晴子の俳論は、言葉と俳句との関係を犀利《さいり》に解き明かします。俳句という詩形の持つ本質的な困難さを語る晴子の筆致は、しばしばペシミスティックな色合いを帯びます。

その晴子に輪をかけて尖鋭な論を示し、晴子にも強く影響したと思われるのが高柳重信《たかやなぎしげのぶ》（一九二三〜八三）の「「書き」つつ「見る」行為」（「俳句」昭和四十五年六月。『現代俳句集成別巻二』）という俳論です。そのごく一部を引用します。（傍点は筆者）。

そこ（「そこ」とは重信自身の旧作のこと。この文脈では、自身の旧作を批判的に振り返りつつ、その矛先を俳壇の現状に転じている…筆者注）に生まれてくるのは、書かれるに先立って、もう大部分が決定済みの世界である。言葉に書かれることによって、ただ一度だけ、はじめて出現する世界ではなかった。したがって、それは、外観的な大きな差異があったとしても、作者と言葉との関係から眺めるならば、俳壇で普通に「写生」と呼ばれているものと、まず大差はなかった。同様に、いまも俳壇では、僅《わず》か十七字の私小説や十七字の言論が存在すると期待している人たちが見られるが、そういう人たちとも、基本的には大差がなかったと言うべきだろう。

（中略）

ともあれ、言葉は、依然として、僕たちの節穴のような眼が捉えるものよりも、いっそう奥深い何かを喚起することが出来るようである。

（中略）

要するに、僕は、ある時、一つの言葉に出会う。（略）その言葉が僕の眼に入った瞬間、その言葉が現に置かれてある前後の言葉と関係なく、その文脈とも無関係に、その言葉の独立した意志の働きのように、もう一つの言葉を浮かびあがらせてきたときに、たしかな手応《てごた》えとして響いてくる。

そして、このあとは、ちょうど十七字の分量のコップのなかに、すでにある言葉が招いている言葉を次々と流しこむだけである。流しこまれた言葉は、次々と溢《あふ》れ出し、そのコップのなかの言葉は、少しずつ微妙に変化する。（略）ふと、何かが見えたような気がする瞬間がある。僕が、その言葉を通して、何かを見たと信じ、それを見たことによって、なにがしかの感動めいた興奮が生まれたとき、それは僕の作品として書きとめられる。したがって、この作業に加わっているのは、俳句形式と、その形式に反応しながら自由に流れてゆく言葉と、それを書きとめてゆく僕の手である。

三橋敏雄は「俳句とは何か」を巨視的に問い続けた人です。その実作上の方法論は「机上の作」でした。また、俳句が現れる過程を微視的に見つめた飯島晴子と高柳重信の俳論の行き着く先は「言葉」でした。彼らの俳論は、社会性俳句や前衛俳句を含めた、それまでの俳句に対する根源的な否定の可能性を孕《はら》むものでした。

それまでの俳句における支配的な俳論・俳句観は「俳句で何を詠うか」を問うものでした。俳句は、人間（人生、境涯）、社会（時代、現代）、四季の風物（花鳥、季題）等々を詠うものである、一人称である自分自身の思い（叙情、私小説）を詠うものである、といった調子で多くの俳論が語られ、その影響下に多くの作品が生まれました。

このような支配的な俳句観を根源的に批判する形で現れた三橋敏雄、飯島晴子、高柳重信の俳句観は「俳句とは何か」を正面から問うものでした。その問の答は、俳句は十七音の言葉の塊だという身も蓋《ふた》もない事実に帰着します。彼らは、言葉と作者、言葉と俳句の関係を微視的に突き詰め、やがて「言葉の現れるとき」や「「書き」つつ「見る」行為」などに見られるペシミスティックな俳句観に至り着きます。

この俳句観をモノサシにするならば、これまでに生まれた俳句の大部分は、重信が言うところの「決定済みの世界」に過ぎない。

にもかかわらず、晴子や重信が何と言おうとも、「決定済みの世界」がこれからも書かれ続けてゆくことは必定です。それが俳句であり、俳人であり、俳壇だからです。

おしまいに高柳重信の一句を挙げます。『山海集』所収の多行形式の作品です。

目醒め
がちなる
わが尽忠は

高柳重信

俳句かな

「尽忠」とは、忠義を尽くすこと。物思うゆえに「目醒めがち」な自分にとって、何かに忠義を尽くす行為とは、俳句に他ならない、と私は解しました。季節性のない、純然たる無季の句です。俳句に殉じるという趣の、悲壮感を湛《たた》えた句とも思えます。

第十一章　俳句のシュールレアリスム

幽霊を描く

俳句の写生、すなわち言葉による写生は、実際に存在する情景にとどまらず、非現実の事象に及びます。そういう事例を今回は取り上げます。

モロー、ダリ、マグリットなどの絵を思い浮かべてください。モローの「オイディプスとスフィンクス」は、青年オイディプスの胸に、美しい女の顔を持つスフィンクスがすがりついている。神話を題材にした空想画ですが、人物をはじめ、草木や背景の岩や山が写実的に描かれている。あるいは、写生の大家とされる応挙。その描く幽霊は生々しい。写実的なのです。

絵画は視覚技術です。龍や仙人など空想上のものを写実的に描くことは当然です。これに似たことが言語芸術である俳句にもあてはまります。俳句の場合、わずか十七音でどれほどの写実が出来るのかという疑問が生じますが、逆に、短いからこそ、省略を効かせながら肝腎《かんじん》なところは写実的に描くことが出来るという面もあります。
その事例として、河原枇杷男《かわはらびわお》（一九三〇〜）の句を取り上げます。

河原枇杷男

天に手の昏れ残りゐる冬野かな　河原枇杷男

私はこの句を読むと、絵が見えます。日が沈みかけた暗い空に、大きな手がぬっと浮かんでいる。手のひらを下にして、力を抜いた様子で、指がやや曲っている。手首から肘《ひじ》にかけては曖昧《あいまい》です。指や爪ははっきり見える。画面の下の方は、漠然とした「冬野」がずっと続いている。

この情景は何を意味するのでしょうか。考えてもしかたがない。というより、読者による無用な意味づけは、この句を読者から遠ざけることになるのではないでしょうか。

「冬野」は季語です。「大仏を見かけて遠き冬野かな　高井几董《たかいきとう》」という江戸時代の句があります。枇杷男の句の「冬野」を季語と呼ぶか、詩語と呼ぶかはどちらでもよい。「枯野」でなく「冬野」である点は重要です。「枯野」は枯草が見え、「枯」という文字が季節の移り変わりを意識させます。「枯野」はいかにも季語らしい。この句には、「枯野」よりも、季語らしさの少ない「冬野」が似合います。

ちなみに、「馬ぼくくわれをゐに見る夏野哉　芭蕉《ばしよう》」「頭の中で白い夏野となつてゐる　高屋窓秋《たかやそうしゆう》」も、生々しく草が茂っている感じはなく、文字通り、頭の中に思い描いた絵のような「夏野」です。枇杷男の「冬野」も、頭の中で思い描いた絵のような「冬野」と言えそうです。

この枇杷男の句の、絵を描いて見せるような表現力に、私は写生の技を感じます。枇杷男自身やその愛読者は、写生という言葉に違和感があるかもしれません。シュールレアリスムの絵や応挙の幽霊画のような形象性を持っていることがこの句の魅力である、と言えばよいのでしょうか。

秋かぜや耳を覆へば耳の声　河原枇杷男

両耳を両手で包むようにすると、かすかに音がする。子供の頃、そういうことをしてみた人も多いのではないでしょうか。ジャン・コクトーの「私の耳は貝の殻／海の響きをなつかしむ」（堀口大學訳　改行を／で表記）ではありませんが、かすかな音がします。

そういう文脈でこの句を読めば、懐かしく、親しみやすい。しかし「耳の声」という言葉を文字通りに読むと、少し不気味です。もしも耳という器官が一種の寄生生物だったとしたらどうでしょうか。耳の奥には三半規管や蝸牛管《かぎゆうかん》など奇妙な形の軟体動物のような器官がある。そういう物体である「耳」が、聴覚を通じて人間を操っているとしたら……。ふだんは物音だと思っていた音が、耳を覆ってみたとき、じつは「耳の声」だと気づく。そう考えると怖い。秋風という季語があるので、不気味さは多少やわらぎますが、その秋風も「かぜ」が平仮名です。「秋風」を「秋かぜ」と書くと、「耳の声」が「あきかぜ」と言っているような感じがして、季語というより詩語に近い趣になります。

「天に手の昏れ残りゐる冬野かな」と「秋かぜや耳を覆へば耳の声」は、ともに難しい言葉は使っていません。文脈もわかりやすい。季語がある。それゆえ、一見するとふつうの俳句のような顔をしています。

ところが、読んでみると明らかに現実ではない。天に手が浮かぶはずはない。耳に声があるはずはない。にもかかわらず、俳句の言葉は、当り前のようにそう書いてある。枇杷男の句は、読者をなるべく驚かせないように、さり気なく、いかにも自然な感じで、読者を非現実・超現実の世界に誘い込みます。

永田耕衣

枇杷男が師と仰いだ俳人が永田《ながた》耕衣《こうい》（一九〇〇～九七）です。枇杷男の句はもの柔らかであると同時に、したたかな形象性を持っています。枇杷男の柔らかく、しかし強靭な句風は、あまりに強烈な耕衣の句風と違う方向へ向かった結果かもしれません。
耕衣の句は、枇杷男と対照的に強引です。腕っ節が強い句です。

皆行方不明の春に我は在り　永田耕衣

「皆行方不明」とはどういうことか。何かの事故で乗客が全員行方不明などという用例はあるでしょう。しかし「行方不明の春」は奇妙です。春とは、草木が芽吹き、虫が穴から出、動物が冬眠から覚める。どちらかと言えば「行方不明」だったものが帰って来る季節です。

この「春」は、ふつうの季語のような「春」ではない。ここでヒントになるのは、三橋敏雄と攝津《せっつ》幸彦《ゆきひこ》の言葉です（傍点は筆者）。

なるべく、季語とか季題、そういうものから発想しないわけですよ。一句の核になる何か、これはいけるなっていう言葉から発想しまして、最後にここは季語を入れたほうが一句のハーモニーが完成するな、というときは季語を入れますし、季語がなくても成り立つ場合は季語を入れない。どちらにしても、その点検操作は後からするわけです。
僕の句は、もちろん季語の入ったもののほうが多いですけれども、それも季節から発想したんじゃなくて、これは秋のほうがいいなとかね、秋ならば季語としては何がいいだろうって考えて決めるんですよ。

（三橋敏雄「対談　わが俳句を語る」『三橋敏雄』春陽堂俳句文庫）

いわゆる現代俳人っていうのは、例えば安井浩司でもいいし、僕らの「豈《あに》」の仲間でもいいんだけれども、季節を書こうとする時は「春の山」とか「夏垣」とか「天の冬」とか、ずばりその季節を表す春夏秋冬を用いるケースが非常に多いですよね。

（攝津幸彦「インタビュー」『攝津幸彦選集』邑書林）

耕衣の代表句に「後ろにも髪脱け落つる山河かな」があります。この句の季語を「木の葉髪」と解する説もありますが、無季と見る方が素直です。耕衣は必ずしも季語にこだわる俳人ではない。三橋敏雄の言い方を借りれば、「皆行方不明の春」は、これは春のほうがいいなと思った結果なのでしょう。「いわゆる現代俳人っていうのは（略）ずばりその季節を表す春夏秋冬を用いるケースが非常に多い」という攝津幸彦の言も、この句にあてはまります。

さてここで、野暮は承知で他の季節と比べます。

「皆行方不明の夏に我は在り」「皆行方不明の秋に我は在り」「皆行方不明の冬に我は在り」。「夏」は怪談風。「秋」はただ淋しいだけ。「冬」は空漠とした感じ。「春」だとすれば、春なのに春が来ていないような感じがする。詩として最も複雑な味が出るのは「春」かもしれませんが、このような句の場合、作者の意図を探ることは難しい。読者は、読者自身の感性に応じて句を味わうしかないのです。

さらなる応用ですが、季節にこだわらず「皆行方不明の○○に我は在り」の○○に入る言葉を考えます。家、町、都市、国、山のように、場所を示す言葉はあり得る。部屋、闇、窓のように、空間でもよい。朝、夜、午後、二時のように、時間でもよい（「皆行方不明の朝に我は在り」はちょっと面白そうです）。しかし、このような「皆行方不明の○○」は、総じて安っぽい怪奇譚《たん》風です。

句の謎に関し、安易な種明かしを用意しないという意味では、「皆行方不明の春」はいい線を行っていると思います。

耕衣の涅槃像

近　海　に　鯛　睦《むつ》　み　居　る　涅　槃　像　　永田耕衣

この句も強引です。「近海に鯛睦み居る」は、それだけならわかります。鯛は近海魚です。鯛ノ浦のようなところを思い浮かべれば「睦み居る」もそれらしい。問題は、鯛と涅槃像の関係です。

阿波野青畝《あわのせいほ》に「日照るとき魚介交り来《く》涅槃像」という句があります。日が差して明るくなると、涅槃図に細かく描かれた魚介の類が見えてきたのでしょう。この句の「魚介」は涅槃図に描かれた鳥獣虫魚の一部と思われます。

ところが「近海に鯛睦み居る」は「近海」という場所が指定されているので、涅槃図の中のことと解するのは無理です。「鯛睦み居る涅槃像」だけなら、涅槃図に鯛が描かれていると解することも不可能ではありませんが、「近海」は文字通り近海ですから、リアルな海と解さざるを得ない。

そう解したのが、以下に引く山口誓子《やまぐちせいし》の『俳句鑑賞入門』です。

瀬戸内海と解してもいいし、本土の近海と解してもいい。そこでタイが群れてむつみあっている。

ちょうど涅槃の日で、寺に涅槃像が掛かっている。涅槃像の釈迦はめい目して近海にむつみあうタイを見ているようでもあるし、むつみ合うタイが涅槃像画中の生物のようでもあるのだ。

タイはいまだかつて涅槃像と関係づけられたことはなかった。この突然の関係づけが、この句を作者永田耕衣の不滅の傑作とした。

「むつみ合うタイが涅槃像画中の生物のようでもあるのだ」とありますが、耕衣の句がそのままにそう読めるわけではない。解釈上は、鯛が居るのはあくまでも実際の「近海」です。それを踏まえた自由な鑑賞において「タイが涅槃像画中の生物のようでもある」、何となくそんな感じがするというのです。言葉に即した解釈と、自由な鑑賞との間には線引きが必要です。

「近海に鯛睦み居る」と「涅槃像」は、構文の上では「居る」という連体形でつながっています。意味の上でつながっているわけではない。とはいえ、深い山の中の寺の寝釈迦が「近海にむつみあうタイを見ているようでもある」（誓子）とは想像しにくい。海に面した寺か、少なくとも海に近い寺であってほしいところです。

この句の構文は、高浜虚子《たかはまきよし》の「遠山に日の当りたる枯野かな」と似ています。「近海に鯛睦み居る」と「涅槃像」の関係は、「遠山に日の当りたる」と「枯野かな」の関係と、構文上同じです。虚子の句は、遠山と枯野がまったく無関係ではなく、枯野の彼方《かなた》に遠山が見えていると解するのが素直でしょう。

耕衣の涅槃の句をさらに引きます。

日のさして今おろかなる寝釈迦かな　永田耕衣

竹の葉のさしちがひ居る涅槃かな

一句目の「日のさして」は、薄暗いお堂に掛けられた涅槃像です。外光の加減で多少は明るくなることもある。そのとき寝釈迦が「おろか」に見えたのです。「日のさして」という語り口は、青畝の「日照るとき魚介交り来涅槃像」の「日照るとき」に似ています。しかし句の肌合いは違います。「魚介交り来」は実景の描写です。「今おろかなる寝釈迦」は描写ではない。作者がそう感じたところを強引に断定したのです。

ここで詩人の高橋睦郎《たかはしむつお》による鑑賞を引用します（『鑑賞現代俳句全集（九）』立風書房）。

> 仏である釈尊が愚かだなどということがあるだろうか。（略）その愚かさはどうも本質的なものに思えて来る。釈尊に本質的な、というのではない。釈尊の末期の澄んだ知恵によつて見据えられた存在というそのことの愚かさである。だから、釈尊の顔に現れた愚かさは釈尊の知恵の現れということになる。
>
> 釈尊の知恵は存在の本質を愚かさと見た。そして、その愚かさの直視の中に救済を見た。それが涅槃ということでもあろう。この釈尊の知恵は釈尊を仏と言い換えたときには、仏の慈悲ということにもなろう。
>
> その慈悲は今の慈悲である。永遠の今の慈悲である。永遠の今の慈悲が今の寝釈迦を

愚かにし、今の寝釈迦の愚かさが私たちの永遠の今の愚かさを救っている。俳人は今それを知る。

仏の慈悲はたとえば早春の日差に似ているだろう。その日差はまだ弱いが、すでに春の明るさを含んでいる。明るすぎず強すぎないのは、すなわち慈悲のゆえんである。


「おろかなる寝釈迦」という言葉から「釈尊の顔に現れた愚かさは釈尊の知恵の現れ」という含意を汲《く》み取った解釈は決して恣意《しい》的ではありません。

「今」の解釈はどうでしょうか。俳句という極小の詩形は時間の断面を切り取ることに適しています。この句が切り取った「今」は、字義通りには涅槃像に日のさした時点であり、俳人が釈迦を「おろかなる」と観じた時点です。

この「今」を、高橋睦郎は「永遠の今」と解しました。蕪村《ぶそん》に「遅き日のつもりて遠きむかしかな」という句があります。「今」という一瞬一瞬の無限の堆積《たいせき》が「永遠」であり、「永遠」は、そのどの断面を切り取ってもそこに「今」がある。それが「永遠の今」なのです。「今の寝釈迦の愚かさが私たちの永遠の今の愚かさを救っている」という、釈迦と私たちとの関係は、一瞬前もさらにその一瞬前もそうであったし、一瞬後もさらにその一瞬後もそうあり続ける。

「今おろかなる寝釈迦かな」という十二音は、読者をこのような思弁に誘います。高橋睦郎の鑑賞は、さらに「仏の慈悲はたとえば早春の日差に似ている」とし、涅槃が早春の季語であることに意を配っています。

耕衣のこの涅槃の句は、鬼面人を驚かすようなところはありませんが、読者に深く涅槃の本質を考えさせるところは尋常ではありません。

対照のため、涅槃の釈迦を詠んだ他の俳人の句を引きます。

おん顔の三十路人《みそじびと》なる寝釈迦かな　中村草田男《なかむらくさたお》

足のうらそろへ給ひぬ涅槃像　川端茅舎《かわばたぼうしゃ》

土不踏《つちふまず》ゆたかに涅槃し給へり

これらの句は、涅槃の釈迦の意外に若い顔立ちや、釈迦の足の裏や土不踏《つちふまず》をクローズアップします。それによって読者は、肉体をもった釈迦の存在を生々しくイメージし、そこから肉体や存在の無常を観念するかもしれません。しかし、これらの句から、釈尊の知恵に思いを致すことはない。耕衣の句は、目に映る物を目に見えるように描く子規《しき》以来の写実的アプローチでは到達し得ない句境に、大きく足を踏み入れたのです。

「竹の葉のさしちがひ居る涅槃かな」は静謐《せいひつ》な句です。「さしちがひ居る」をどう解するか。「さしちがえる」とは、相戦う剣士の刃が互いを貫いて、互いに相果てること。私は、地に落ちた二片の竹落葉が交差している様子を思い浮かべました。

淋しさや竹の落葉の十文字　阿部青鞋《あべせいあい》(一九一四〜八九)

という句を耕衣は好みました。「竹の落葉の十文字」は、地に落ちた二枚の竹の葉が十の字に交差しているのです。「竹の葉のさしちがひ居る」もこのような情景でしょう。

問題は「竹の葉のさしちがひ居る」と「涅槃」の関係です。上五中七と下五が連体形でつながる形は前掲の「近海に鯛睦み居る涅槃像」と同じです。叙景として読めば、涅槃の法要を行う寺の庭の竹の落葉の様子ですが、それだけにとどまらない。竹の葉がさしちがえている静謐な時空が目の前にある、それが即ち涅槃の境地なのです。叙景のようでありながら、読者に深くものを思わせる句です。

枇杷男の句にも、耕衣の句にも、理詰めの説明を拒むようなところがあります。俳句形式は短い。短さを味方に付ければ、説明を拒みつつ読者の直感あるいは直観に訴えることが出来ます。枇杷男の句の形象性、耕衣の句の思弁性は、読者を謎めいたイメージの世界へ誘います。

このような作品が生まれるのも、俳句形式がその短さのゆえに、アフォリズムに似るからかもしれません。

第十二章　戦後生まれの異才

攝津幸彦と田中裕明

　本章では戦後生まれの俳人の作品を取り上げます。

　昭和の俳句史は、戦時下における新興俳句の弾圧を経て、戦後は、社会性俳句・前衛俳句という形で展開しました。その時代を担った俳人は金子《かねこ》兜太《とうた》、高柳重信《たかやなぎしげのぶ》、飯田龍太《いいだりゅうた》、森《もり》澄雄《すみお》など大正生まれの人々でした。その子世代にあたる戦後生まれの俳人が俳句的に物心つく頃は、社会性俳句・前衛俳句の高揚期は過ぎ、大正生まれの俳人は大家となりつつありました。

　社会性俳句・前衛俳句以降、それ以前の新傾向俳句や新興俳句などに匹敵するエポックメーキングな動きは見当たりません。昭和の俳句革命はとっくに終ったのに、平成以降の新俳句はまだはっきりと見えていないように感じます。

　その中にあって、攝津《せっつ》幸彦《ゆきひこ》（一九四七〜九六）と田中裕明《たなかひろあき》（一九五九〜二〇〇四）は、作品の完成度も作風も際立った存在であり、その句業の評価が待たれています。幸彦と裕明は互いに異質な俳人ですが、敢えて括《くく》るとすれば、俳句における言葉の精緻化を突き詰めた俳人と言えるのではないでしょうか。

「野分」と「みなみかぜ」

死ねば野分生きてゐしかば争へり　加藤楸邨《かとうしゅうそん》

南国に死して御恩のみなみかぜ　攝津幸彦

いずれも死者と風を結びつけた句です。第七章で取り上げた楸邨の「死ねば野分」を、私は、死者の思いが野分となって吹き荒れると解しました。「千の風になって」に見られるように、死者の思いが風になるという発想はさほど珍しくありません。楸邨の句は、死者よりも、むしろ生きて争う生者（作者自身を含む）のほうに強い思いがあるように感じます。

幸彦の句はどうでしょうか。難解な言葉はありません。かといってパッと見にわかる句でもない。一語一語丁寧に読む必要があります。また、そうするに値する句です。「南国に死して御恩」はどういうことか。「御恩と奉公」という言葉がありますが、この句の「御恩」は、近代日本の国家主義のもと、お国や天皇陛下や父母などから受けた「御恩」に対し、命で報いるという文脈であり、太平洋戦争の南方戦線での戦没者のことと察します。

この句を上から読んで来ると、「南国に死して」の後にいきなり「御恩」という言葉が出て来ます。そこで読者は戸惑います。「御恩」のあとの下五に一体何が現れるのか。読者は気をもみます。そこに「みなみかぜ」が現れる。あっけらかんとした平仮名の五文字。何となくホッとします。「南風」は夏の季語ですが、幸彦は季語にこだわらない俳人です。幸彦にとって「みなみかぜ」は季語でなく、詩語と言うべきでしょう。

南方で亡くなった人々の霊が「御恩」に報ずるべく、南風となって帰って来る。あるいは、故国に向けて南風を吹き送る。そのあたりは自由に鑑賞してよいと思います。

俳句にとって「死して御恩」は重く、馴染みのない言葉です。それを「南国」にはじまって「みなみかぜ」に終るなめらかな文体に取り込み、淀《よど》みなく読ませる句です。「みなみかぜ」には明るいイメージがあります。「御恩」にはかつての国家主義の匂いもある。戦後の繁栄を享受して来た日本社会は、戦没者に対し、割り切れない思いを抱いており、この句は、その割り切れなさを反映しているようにも思われます。単純な反戦ではない。かといって「御恩」を手放しに肯定しているわけでもない。惨憺たる歴史的事実がある。さりとて「御恩」を否定し去っては「お国のために」死んでいった人々の生と死が無意味になってしまうのではないか、と考える人もいるでしょう。そのような割り切れなさを、論ではなく、詩によって、直観的に読者の心に呼びさますところにこの句の凄《すご》さがあります。

幸彦にはまた「国家よりワタクシ大事さくらんぼ」という句があります。俳人の仁平《にひら》勝《まさる》は、この句を『陸々集』の思想的な俳句マニフェスト」と呼びました（『陸々集』を読むための現代俳句入門」『露地裏の散歩者』邑書林）。「死して御恩」の句の根っこにも「国家よりワタクシ大事」と共通する感覚があると思います。

露地裏を夜汽車と思ふ金魚かな　攝津幸彦

難しい言葉はありません。ふつうでないのは文脈です。「AをBと思ふ」という言い方はよく使います。「私は、鈴木さん（A）を味方（B）と思う」「私は、さっき見た動物（A）を鹿（B）と思う」という具合に。Bは、英文法で言う補語にあたります。Aの属性がBだというのです。言い換えると「鈴木さんは味方のようだ」「さっき見かけた動物は鹿のようだ」という意味です。

この言い換えを幸彦の句にあてはめると「露地裏は夜汽車のようだ」となる。ただしこの「ようだ」は比喩です。さきほどの「鈴木さんは味方のようだ」の「ようだ」は推量です。

仁平は前掲書で「「露地裏を夜汽車と思ふ」とは、いわば俳句的な比喩である。こういう比喩に慣れていない人は、とりあえず〈夜汽車のような露地裏〉という直喩として理解すればいい」と言います。それに続く一文がちょっと意地悪で、「もしそれでも「露地裏」と「夜汽車」の類似性が見えてこない人は、たぶん詩とは縁がないのだろう」とあります。

「露地裏」のどこが「夜汽車」なのでしょうか。古い映画のように懐かしい。灯がともっている。人がいて、しゃべり、飲み食いし、眠るといった日常的な営みを、身近に他人がいる空間に曝《さら》している。ようするに、懐かしく、人間臭い風景ということだろうと思います。

厄介なのは「思ふ金魚」です。「思ふ」の主語をどう解するかで解釈が分かれます。第一の解釈は「思ふ」の主語を「金魚」と解する。句意は「人間のような心を持った金魚が、水の中から露地裏を眺め、何となく夜汽車のようだと思っている」となる。古い例ですが、山崎宗鑑《やまざきそうかん》の「手をついて歌申しあぐる蛙かな」(蛙が歌を申し上げる)と同じ文型です。

第二の解釈は、「思ふ」の主語を作者(すなわち言葉の上では明示されていない一人称、あるいは句の語り手)と解する。句意は「露地裏を眺めると、何となく夜汽車のようだ。おや、金魚だ」となる。芭蕉《ばしょう》の「さまぐ\の事おもひ出す桜かな」の「おもひ出す」の主語は、桜ではなく、作者です。この芭蕉の句と同じ文型です。

文法にこだわるとこうなるわけですが、仁平勝は次のように述べます。

「金魚」が「思ふ」主体だとする解釈は、つまり動詞の「思ふ」が「金魚」に係る連体形だという前提に基づくが、それはあくまでも外界の文法を適用してのことだ（略）。外界の文法でなく五七五の音数律に従うなら、この句はようするに〈露地裏を夜汽車と思うこと〉と〈金魚〉との取合せである。（略）〈金魚が……思う〉ことは実際にありえないから擬人法だ、などといってもらっては困る。

（前掲『露地裏の散歩者』）

仁平勝の言い方を借りれば「さま〴〵の事おもひ出す桜かな」は、「さまざまの事を思い出すこと〉と〈桜〉との取り合わせです。

幸彦の句は、理詰めで読もうとすると骨が折れます。しかし幸彦自身は、このような謎解きのような読みを読者に期待していたわけではありません。幸彦の言葉を引きます。

生きることそのものを肯定させる何かが、言葉の生理としてひとつあるんじゃないか（略）上を向いて生きさせるようなものが言葉の中にあって、それは音とか意味とかいろいろあると思うんですけれど、そういうものが肉体に溶け込んでいるんじゃないか

（攝津幸彦「インタビュー」前掲『攝津幸彦選集』傍点は筆者）

「死ねば野分生きてゐしかば争へり」は、言葉通りの現実を俳句形式に落し込みました。言葉（俳句）は、言葉（俳句）以前の何かを入れる器となっています。

一方、「南国に死して御恩のみなみかぜ」は、句の意味（「南国に死して」と「御恩」）というより、「言葉の生理」が「みなみかぜ」という言葉を呼び出したように感じます。「みなみかぜ」という言葉には、言葉自体の明るさがあります。明るさの向うには、そこはかとない哀しみもある。

幸彦の句は、言葉以前にある何かを言葉で説明した俳句ではありません。言葉と言葉の関係から、新たな何かが現れることに期待した俳句です。

『夜の客人』

田中裕明は攝津幸彦と異なり、終始、有季定型の文体を維持しましたが、その内実の詩情には純粋短詩の趣があります。ただしその句風は新しい典型を生むようなものでなく、あくまでも裕明個人の資質の然らしめるものだったと言えましょう。

裕明は平成十六年十二月三十日に白血病で亡くなりました。享年四十五。夫人によると、骨髄移植による治療の望みを最後まで捨てていなかったそうです。

なぜこのようなことを申し上げたか。裕明は、自分の実生活をあらわに詠むタイプの俳人ではありません。第八章で取り上げた自由律俳人の住宅顕信《すみたくけんしん》は、昭和六十二年、やはり白血病のため二十五歳で亡くなりました。顕信は離婚し、病室で幼い子を育てました。そのような境涯を反映した自由律作品は、強烈な印象を残しました。たとえば「ひとりにひとつ窓をもち月のある淋しさ」は、入院中の孤独な心境を垣間見せます。

裕明の場合、少なくとも読者の目に映るその作品は、病気に対し超然としていました。裕明は三女の父であり、告知を受けての深い苦悩があったことは事実です。最後の句集となった『夜の客人《まろうど》』が我が家に届いたのは、裕明の死の翌日でした。あとがきに「長い長い厄年はこれで終わりにして、気持ちを入れかえて、俳句と人生に取り組みたい」とあり、裕明夫妻の年賀状が添えてありました。

裕明の句風は、境涯がそのまま現れるタイプではありませんでしたが、言葉の向うから、その思いがうっすらと滲《にじ》み出したような句があります。

浮寝鳥会社の車かへしけり　田中裕明

『夜の客人』の自選十五句の一つです。「浮寝鳥」は冬の季語。静かに浮いている水鳥のこと。風趣のある季語がぽつんとあり、残った余白を、呟くような静かな口調で埋めて行く。そのおくゆかしい句姿が裕明の持ち味です。「会社」とありますが、裕明は大手電子部品メーカーの技術者として要職にありました。「会社の車」とは社用車でしょうか。「かへしけり」とは、作者を乗せて来た、あるいは作者を訪ねて来た「会社の車」が今来た道を帰って行ったのです。会社という現実が遠ざかってゆくような感じがします。ぽつねんと取り残された作者。そのほとりに浮寝鳥。

裕明の句の言葉は、ぽつんぽつんと離れて浮かぶ島のように、言葉と言葉との間隔が大きく、句全体としては、言葉を惜しむ印象があります。一句を読み終わり、一呼吸置いた後に、深みからじわりと浮かんでくるような気配があります。

あらそはぬ種族ほろびぬ大枯野　田中裕明

好戦的でない種族は生存競争に敗れて滅びてしまった、というのです。人類史上の滅び去った民族のようなものかもしれない。動植物の「種」かもしれない。作者は、争うことなく滅びてしまった集団を思い遣《や》っている。「ほろびぬ」と「枯」はトーンが揃っている。いわゆる「つきすぎ」ですが、そういう小賢《こざか》しい技術論を超えて、句が大きい。「大枯野」は太古の情景を連想させます。

「会社の車かへしけり」や「あらそはぬ種族ほろびぬ」は淋しげです。それが作者の病気とどう関係するか（しないか）は測り難い。作者が生身の人間である以上、作者が思い描くイメージや用いる言葉が、実生活の影響から完全に遮断されるとは考えにくい。かといって、裕明は俳句を通じて自分自身の境涯を物語っているわけではない。裕明の句はあくまでも言葉をして語らしめる。作者自身は言葉のうしろに隠れている。ひとえに、おくゆかしい俳句なのです。

後続の世代

幸彦と裕明の作風は異なりますが、共通点は、言葉の塊としての俳句の純度をギリギリまで究めようとしたところにあります。彼らに続く世代の俳人が、言葉の次元だけでさらに俳句の純度を高めようとしても、幸彦の道は幸彦の句が、裕明の道は裕明の句がその究極の到達点かもしれない。意地悪く言えば、袋小路かもしれないのです。

後続の俳人には、俳句の言葉の純度を高めるのとは逆の方向ですが、作者自身とナマの現実との関わりを掘り下げた俳句が期待されているのかもしれません。それはかつての社会性俳句の再現というわけではなく、今日までに蓄積された俳句表現の資産を生かしつつ、あくまでも一個の人間として目の前にある現実に向き合うという、総合的で、粘り強い営為が求められているように感じます。

その例として、現在旺盛《おうせい》に活躍中の関悦史《せきえつし》（一九六九〜）の句を、句集『六十億本の回転する曲がつた棒』（平成二十三年刊）から引きます。

亡霊のごとくに筑波秋の暮　関 悦史
年暮れてわが子のごとく祖母逝かしむ
人類に空爆のある雑煮かな

「亡霊の」の句には「入院　三句」との前書があります。作者は祖母を介護しており、その祖母がいよいよ入院に至ったのです。茨城県に住む作者の目に、筑波山が、何と「亡霊のごとくに」見えた。介護を詠んだ生々しい作品がこの句集には多く収録されていますが、この句は風景句です。秋の暮の筑波山の景は、それはそれで風情があると思うのですが、「亡霊」という言葉が異様なリアリティを持ちます。そこに「祖母」の面影が添うのでしょうか。この句は、祖母の介護という現実（重い言葉でいえば、境涯）、「亡霊のごとく」という奇抜な比喩、「秋の暮」という伝統的季語の「併せ技」で読者に迫って来ます。

「年暮れて」の句は、祖母に対して用いるにはあまりにも意外な「わが子のごとく」という比喩が印象的です。わが子のように介護をして来た祖母が亡くなった。年が暮れることと、人が逝くこととが呼応しています。関悦史は有季にこだわらない俳人ですが、有季の句では季語をよく生かしています。

「人類に」は、世界のどこかで犠牲者を出し続けている「空爆」と、日本の正月の「雑煮」を取り合わせた句です。人類の不幸と日本国の平穏とをいくぶん皮肉っぽく対照し、しかも「雑煮かな」という下五で俳諧的な味を出している。これも一種の「併せ技」です。

往年の社会性俳句には、たとえば「ピーマンの青き拳《こぶし》や核戦争　田川飛旅子《たがわひりよし》」というような作があります。「ピーマンの青き拳」が米ソ冷戦に抗議するという発想がユニークですが、この句には反核デモ的な、一種の元気のよさがある。関悦史の「空爆」の句には、重く淀んだ気分を感じます。

関悦史という俳人は大変な勉強家で、先人の遺産を踏まえつつ、ユニークな句を生み続けています。また、個々に名を挙げるいとまはありませんが、後続の世代にもすぐれた俳人が多くいます。俳句の新たな意匠は既に尽きたのではないかと思うときもありますが、若い俳人たちの個々の顔を思い浮かべると、俳句の未来はまだまだ明るい、という思いがします。

第十三章　作者の顔が見える俳句

俳句は無名がいい？

本書の中で、私は何度も「十七音の言葉の塊」と述べました。そこに作者名は含まれません。そもそも俳句に作者名が必要なのでしょうか。

俳句には「句会」というものがあります。俳人が集まり、各自の作品（未発表の新作）を、作者名がわからないように清書した紙を回覧し、選句（いわば人気投票）し、批評するわけですが、選句のときは、対象となる作品は匿名の状態です。

句会に限らず、俳句は十七音の言葉だけで勝負するものだと考えれば、作者の名前はなくてもよい。飯田《いいだ》龍太《りゅうた》の「詩は無名がいい」という文章の一部を引用します。

凡作だが、是非とも署名がほしい俳句がある。逆に、すぐれた名品だが、作者名などあってもなくてもどちらでもいい作品があるのではないか。

先ごろ私は、ひさびさに京都の西芳寺《さいほうじ》に行った。庫裡《くり》の一隅に大きな句屏風が鮮やかに見えた。

苔寺の苔を啄《ついば》む小鳥かな　虚子

たっぷりと墨をふくませ、しかし気張らない静かな筆致。折から窓外はしんかんとした早春の景。苔《こけ》のみどりが格別眼に沁《し》みた。何よりそんな風景をすこしも邪魔しないところがこの句のよろしさ。だが、俳句としてはあきらかに凡作である。それだけに「虚子」という署名がどっしりとすわって見えた。虚子その人がそこに居る感じであった。

遠山に日の当りたる枯野かな　虚子

著名な句だ。しかも確かな秀作である。作者は何時どこでこの句を得たのだろうか。だが、仮りにこの句が碑面に刻まれて、ある特定の場所に建てられていたとしたら、風景は汚れ、作品もまた本来の滋味を損うのではないか。いい作品にはいい作品だけの世界、そして自然の実景には実景の姿がある。その微妙な差が作品の個性であり、同時に個性を万人の共有と錯覚させるのが秀作の秘密だろう。それなら読者にとって、作者名はどうでもいい。

（「毎日新聞」昭和四十六年三月二十日『飯田龍太読本』角川書店）

たしかに、作品の名を知らなくても鑑賞可能な俳句があります。そうでない句もある。例として正岡子規《まさおかしき》の句を引きます。

鶏頭の十四五本もありぬべし　正岡子規

白地の背景に鶏頭が群生するだけの景。十四五本の雑駁《ざっぱく》さが鶏頭らしい。純粋スケッチの名品です。ざっと見十四五本という当て推量ですから、下五は「ありにけり」のような断定でなく、「ありぬべし」という推量口調でなければならない。ざっと見の曖昧さがうまく表現されています。この句に、病臥の子規の眼差《まなざ》しを思う読者もいるかもしれません。しかし、この純粋スケッチの句に、子規の名は不要です。

いくたびも雪の深さを尋ねけり　正岡子規

この句も、よみ人知らずでも鑑賞可能です。雪が降っている。どれほど積もったか尋ね、また尋ね、何度も尋ねる。尋ねるくらいですから、雪は見ていない。句に描かれたのは、雪の日の無聊《ぶりょう》です。ただし、この句はさきほどの句と違い、作者が病臥の人と知って読めば、鑑賞が深まります。さきほどの句の作者は鶏頭を見ている。この句の作者は雪を見ていない。病臥の人だから、雪を見に立つことはない。病臥の無聊から雪の具合をいくたびも尋ねたくなる。子規のことと思って読めば、病む身の淋しさが感じられます。

糸瓜《へちま》咲て痰《たん》のつまりし仏かな　正岡子規

この句はさきほどの二句と違い、子規の句と知らなければ鑑賞出来ません。この句は、子規が死の直前、仏に近づきつつある自分を客観視し、あるいは自分の死後の姿を想定し、最期の筆をとって書いたものです。もしも子規の句と知らずに読むとどうなるか。「痰のつまりし仏」は、痰を詰まらせて亡くなった人のご遺体という意味になります。そのへんに糸瓜の花が咲いている。子規の境涯を知らなければ、誰かの死を看取った人の句と誤読されかねない。

整理のため、ここまでの引用句を比較対照します。

鶏頭の十四五本もありぬべし…純粋なスケッチ。作者不要。
遠山に日の当りたる枯野かな…「作者名はどうでもいい」（飯田龍太）
いくたびも雪の深さを尋ねけり…作者名不要。ただし、子規の句と思えば趣はひとしお。
苔寺の苔を啄む小鳥かな…「凡作だが、ぜひとも署名がほしい」（飯田龍太）
糸瓜咲て痰のつまりし仏かな…子規なればこその名句。

匿名でも価値が変わらない俳句と、作者名があってはじめて価値を持つ俳句があるということが、理念的には言えそうです。ただし現実的には、句会のように意図的に匿名化した場面を除けば、俳句と作者名は不可分です。「鶏頭の十四五本もありぬべし」「遠山に日の当りたる枯野かな」を、子規、虚子という名を消して読むことは実際には無理です。

俳句は十七音だけで勝負するという考え方は、子規以降の基本テーゼでした。理念はそうですが、現実には俳句と作者名は切り離せません。作者名は記号ではない。子規がどのように死んだか、石田《いしだ》波郷《はきよう》や住宅顕信《すみたくけんしん》がどんな生涯、どんな病気だったかという情報を完全に遮断することは出来ません。

作者の顔が見える俳句

「遠山に日の当りたる枯野かな」の作者名はどうでもいい、句碑は句の滋味を損なう、作者からも実景からも独立した十七音の言葉の世界がある、と飯田龍太は言います。

ところが「遠山」の句碑は複数存在します。その一つが虚子の生地の松山市にあります。龍太の「詩は無名がいい」より後の昭和四十八年の建立。句碑からは遠山らしきものが見えます。句碑のある東雲《しののめ》神社はかつて子規や虚子が参拝に訪れたところ。句碑が風景を汚したり、作品の滋味を損なったりするような気遣いはまったくありません。作者名不要の「遠山」の句も、この句碑にあっては虚子の匂い、松山の匂いを帯びます。作者の顔が見えるのです。

「苔寺の苔を啄む小鳥かな」を龍太は凡作と言います。だからといって存在意義がないと言っているわけではない。虚子の署名がどっしりとすわり、苔寺の風景をすこしも邪魔しない。作者の顔が見えることにより「凡作」も価値を持つのです。

ここで頭の整理を試みます。十七音の言葉の塊として、連句から独立した俳句には、二つの方向性があります。

一つは「作者名の要らない俳句」です。十七音の言葉だけで屹立《きつりつ》する名句を目指す道です。子規が提唱した「写生」は、一枚の絵を描くように一句を成す方法論です。写生の産物たる「鶏頭の十四五本もありぬべし」のような句に作者名は要らない。前書も、作者に関する知識も要らない。よみ人しらずでよいのです。

もう一つは「作者の顔が見える俳句」です。すべての句が名句である必要はない。苔寺の句のように、虚子という署名だけがあって、あとは風景に溶け込んでしまうような凡作も一つの有り様です。

「挨拶」と前書

作者の顔が見える俳句にとって不可欠のキーワードが「挨拶」です。誰かが誰か（何か）に対し挨拶する。挨拶が挨拶であるためには、挨拶する者、される者の名前や顔が必要です。「苔寺の苔を啄む小鳥かな」は、「虚子と申します。苔寺にちょっとお邪魔します」という挨拶なのではないでしょうか。お邪魔しますと言いつつ、邪魔にならない。自己主張のまったくない凡作。しかし、記名帳に名を記すように「虚子」という名がある。
『俳文学大辞典』から「挨拶」の説明を引用します（項目執筆者　草間《くさま》時彦《ときひこ》）。

相手に対する親和の意を込めて句を詠むこと。問答・相聞・贈答など、日本の詩歌は対詠・唱和的性格を核として発生・展開してきたが、それを最も典型的に示すものが、座の文芸としての連歌・俳諧である。（略）高浜虚子が『虚子俳話』（昭和33）で「日常の存問《そんもん》が即ち俳句である」と説いたのも、同旨といえる。俳句で多く行われている贈答句・慶弔句は挨拶の端的な例だが、通常の句にも挨拶性を含むものがある。挨拶性は古典から現代に至る俳文芸の基本的性格といってよい。

具体的には、挨拶句は多く前書を伴います。第八章で取り上げた松尾あつゆきの「炎天、妻に火をつけて水のむ」には「妻を焼く、八月十五日」という前書があります。しかも、この作者は長崎の原爆で妻子を亡くしたという事実がある。「妻に火をつけて」だけで茶毘に付したことはわかりますが、通常の葬儀と誤読してはならない。

挨拶というと軽く聞こえますが、「妻を焼く」も悲痛な挨拶です。第七章で取り上げた高野ムツオの「車にも仰臥という死春の月」も「三月十一日」という前書がなければ、スクラップ工場と誤解されかねません。この句は「車にも仰臥という死」で尽きています。「春の月」は、黙禱《もくとう》に似た無言の挨拶と言ってよい。

十七音の言葉だけで勝負する名句を目指すだけでは、このような句は生まれません。前書を伴った「作者の顔が見える句」が、俳句の可能性を大きく広げているのです。

虚子の挨拶句

子規逝くや十七日の月明《げつめい》に　高浜虚子《たかはまきよし》

十七日の月の夜に子規が死んだ。句中の言葉はそれだけです。押し殺したように無表情な句ですが、子規に兄事した虚子の句と知って読めば、この句は沈鬱です。「九月十九日未明子規逝く。前日より枕頭《ちんとう》にあり。碧梧桐、鼠骨《そこつ》に其死を報ずべく門を出《い》づ」との前書を読むと、若き虚子が子規庵《あん》を出る場面が目に浮かぶようです。

虚子は、人の訃《ふ》に寄せた挨拶句を多く残しました。『虚子五句集』所収の『贈答句集』から拾います。（　）内は、故人名等です。

永き日を君あくびでもしてゐるか　　（子規とも親交があった夭逝《ようせつ》の俳人藤野古白《ふじのこはく》の一周忌）

ワガハイノカイミヨウモナキススキカナ　　（漱石が飼っていた猫の訃報に対する返電）

たとふれば独楽のはぢける如くなり　　（河東碧梧桐《かわひがしへきごとう》。虚子の生涯のライバルであった俳人）

雛よりも御仏よりも可愛らし　　（生後八十日で亡くなった虚子の孫娘）

愚鈍なる炭団《たどん》法師で終られし　　（佐久間法師《さくまほうし》。写生文にも熱心であった虚子門の俳人）

一筋の大きな道や秋の風　　（野口兼資《かねすけ》。虚子と親交があった能楽宝生流の名人）

牡丹《ぼうたん》の一弁落ちぬ俳諧史　　（松本《まつもと》たかし。端正な句風で知られた虚子門の俳人）

個々に見ると、さしたる句と思えません。挨拶と知らなければ、何が言いたいのかわからない句もあります。逆に、故人の人となりや、虚子との関わりを思いながら読むと、挨拶句が一種の至芸であることを強く感じます。

久保田万太郎の挨拶句

挨拶句で虚子に匹敵するのは久保田万太郎《くぼたまんたろう》です。虚子との対照のため、人の訃にかかわる句を拾います。（　）内は故人名です（『久保田万太郎全集』中央公論社）。

すこしづゝ夜のあけて来る寒さかな　（俳人増田龍雨《ますだりゅうう》）
花にまだ間のある雨に濡れにけり　（菊池寛）
なつじほの音たかく訃のいたりけり　（六代目尾上菊五郎）
ボヘミアンネクタイ若葉さわやかに　（永井荷風）
敷松葉雪をまじへし雨となり　（三代目桂三木助《みきすけ》）
大寒といふ壁に突きあたりたる　（古川緑波《ろっぱ》…コメディアン）

虚子は自在で図々しい。万太郎の句は姿が整い、弔句らしい弔句です。初代中村吉右衛門への弔句は、虚子が「たとふれば真萩の露のそれなりし」、万太郎は「はつ雁《かり》の音にさきだちていたれる訃」。虚子の句はそう思って読めば弔句という体。万太郎の句は素直な弔句です。

虚子の「存問」

晩年の虚子は、以下のように述べています。

俳諧から生れ出た俳句。
俳句は平俗の詩である。
（略）
お寒うございます、お暑うございます。日常の存問が即ち俳句である。
（略）
平俗の人が平俗の大衆に向つての存問が即ち俳句である。
（『虚子俳話』ホトトギス社）

虚子はまた「旗のごとなびく冬日をふと見たり」を次のように自解しています。

私が頭をめぐらした瞬間に今まで小さかつた冬日が大きな旗のごとく広がつて天の一

角にたなびいた。
大きな光の豊旗雲《とよはたぐも》であつた。

冬日のある示現であつた。
小さく天にかゝつてゐた冬日がある瞬間鶴翼《かくよく》を広げて見せた威容であつた。
冬日を存問する人間に対する荘厳な回答であつた。（前掲『虚子俳話』）

「通常の句にも挨拶性を含むものがある」（前掲『俳文学大辞典』）という言葉は虚子によくあてはまります。「俳諧から生れ出た俳句」「日常の存問が即ち俳句」「平俗の人が平俗の大衆に向つての存問が即ち俳句」「冬日を存問する人間に対する荘厳な回答であつた」と言う虚子は、連歌俳諧由来の「挨拶」という要素を、意識的に俳句に取り込もうとしたのです。

「句日記」

虚子はまた、「句日記」という発表形式を採用しました。文字通り、日記のように句を並べるやり方です。たとえば以下のように（括弧内の暦年は筆者が付記）。

四月一日（昭和二十二年）。病中愛子におくる。

虹の橋渡り交して相見舞ひ　　高浜虚子

四月二日（昭和二十二年）。愛子死去の報到る。

虹の橋渡り遊ぶも意のまゝに

四月一日に森田愛子《もりたあいこ》（小説「虹《にじ》」の主人公となった弟子）に宛てて病気見舞の句を送り、その翌日に訃報が届いたのです。

このスタイルはいくつかの特徴があります。①日記のように作者の日常を垣間見せる。そこには生身の作者の姿が現れる。②見舞と入れ違いに訃報が至るというような物語的な展開を演出することが出来る。じっさい虚子はこのくだりを小説にしました。③前書によって句の「挨拶性」が明らかになる。①②③のような特徴を持つ「句日記」スタイルは、十七音の言葉の塊がポツンとあるだけの俳句の姿とは大いに違います。

俳句には二つの姿があります。一つは、句の中の言葉だけで成り立つ俳句。作者名は不要。十七音の言葉の塊が一個の独立した一行詩として結晶し、屹立する。立派です。しかし淋しい。このような俳句ばかりを志向していては、俳句が痩《や》せるかもしれません。

もう一つは、作者の顔が見える俳句。挨拶句。名句でなく、凡作でいい。「お寒うございます、お暑うございます」「平俗の人が平俗の大衆に向つての存問」というような句。前書を読み、作者の境涯を知って感動する句。

このような俳句の二面性を体現した存在が虚子でした。虚子は、門下の俊英に名句を競わせました。その一方で、おびただしい挨拶句を詠み、「句日記」スタイルを採用しました。

俳句は今も生きて変化し続けているジャンルです。俳句をつき動かすベクトルには、純粋な言葉だけの俳句と、十七音の言葉以外の情報(作者の境涯、挨拶、前書など)を取り込んだ俳句という、二つの方向があります。前者は詩的、近代的。後者は俳諧的、伝統的。この二つのベクトルの相互作用が、近現代俳句史のダイナミズムを生み出している、と考えてよいのではないでしょうか。

俳句を「読む」ということ——後記に代えて

本書では、俳句の歴史を意識しながら、様々な作品を見てきました。俳句を作るという行為の積み重ねが、長い年月を経て多様な表現を生んだわけですが、俳句にはもう一つ、読むという重要な行為があります。

作品を享受する上で読むことは自明と思われますが、俳句はわずか十七音。読者は想像力を駆使して句を読み込まなければならない。俳句は読者への依存度の大きい詩形です。いっぱんに語られる俳句の歴史は作る側の歴史ですが、読む側の歴史を構想することも可能です。

第一章に引用した宗祇の「雪ながら山もと霞む夕べかな」は連歌の発句です。長享二年（一四八八）作。本書で最も古い引用句です。この連歌作品には江戸中期に書写された注釈本があって（書写が江戸中期ですから成立はもっと古い）、この発句に「見わたせば山もと霞む水無瀬川　夕べは秋とたれかいひけむ」という本歌があること、「山もと霞む夕べ」だけでも趣がある上に「雪ながら」という景色を珍重すべきことを注しています（日本古典文学大系『連歌集』）。

このような注釈は古くから行われ、近代では、たとえば幸田露伴による芭蕉の注釈などが有名です。高浜虚子もまた、俳句の読み手として偉大な存在でした。

虚子は「蕪村句集講義」(明治三十一年〜三十六年)、「進むべき俳句の道」(大正四年〜六年)、『俳句はかく解しかく味う』(大正七年)、「雑詠句評会」(大正十四年〜昭和十八年)、さらに昭和二十七年から最晩年の昭和三十四年にかけて「ホトトギス」の若手と「玉藻」誌上で行った「研究座談会」など、俳句の読みに関する仕事を営々と積み重ねました。

本書の引用句にも虚子の読みの対象となった俳句があります。

山 川 に 高 浪 も 見 し 野 分 か な　原 石鼎　(第一章)

もしも「高浪の立つ」だったら単に客観の句になってしまうが、「も見し」といったため「この山川にもこんなに高い浪のたつことがあるものだ」と驚いて眺めている強い心持が表れた、と虚子は評しました(『進むべき俳句の道』)。たしかに、景を前にした作者の眼を感じさせる「見し」には千金の重みがあります。

ついでにいえば『進むべき俳句の道』の作者紹介が面白い。虚子は石鼎を次のように描いています。

——ある日、電気局の制帽をかぶって現れた。今朝上官と喧嘩《けんか》をして辞表を出した、どこか新聞社に職を斡旋《あっせん》して貰えないかと言う。帰郷を勧めたら憤然と去った。その後再び上京してきた。帰郷しても仕方がないというのでホトトギスの事務を手伝って貰っている。今も無一文である。三十一歳で家を成さず三度の食を二度ですますような生活は性癖であろう。俳壇で認められ、若い俳人から推重されるようになった今、以前のような放浪生活を続けることは出来まい。俳句の他に頼るものはない。作句と読書に一層力を尽くさねばなるまい——。

写生文のような筆致から、石鼎という男の無頼さと、それを見据える虚子の師としての眼が感じられます。このような石鼎の人物像を知ると「山川に高浪も見し野分かな」が、作者の胸中の荒涼とした心象のようにも思えてきます。

葛城の山懐に寝釈迦かな　阿波野青畝　（第四章）

ふつうなら葛城の山懐に寺があって、その寺に寝釈迦があると叙すべきところ、「寺」を省いて「山懐」にただちに「寝釈迦」があるかのように叙したためにこの句は面白くなった、と虚子は評しました（「雑詠句評会」「ホトトギス」昭和三年七月号）。この句評会では、「懐《ふところ》」と「寝る」が縁語の効果を持っているという赤星水竹居（虚子門の俳人）の発言もありました。複数の読み手が読みを競い合うことで、句の読みが豊かになった一例です。

いくたびも雪の深さを尋ねけり　正岡子規　（第十三章）

この句から連想される状況を、虚子は以下のように読みとっています。

——家は静かである。主人は淋しく病床に臥し、家人は台所にいる。特に会話はなく、病人が時々雪の深さを聞く。他に話題がないところに病人の淋しさと家の静けさが連想される。繰り返して聞くことから、次第に雪が深くなることが連想され、この日が大雪だったこともわかる。「いくたびも」が長い時間を連想させることと、雪は日暮から夜にかけて大雪となるという事実から、昼から夜にかけての長い時間が想像される（『正岡子規』甲鳥書林、昭和十八年。要約しつつ引用）。

子規に関する虚子の個人的な記憶は別にして、わずか十七音からこれほどの「連想」を、虚子は引き出しました。

かなしめば鵙金色の日を負ひ来　加藤楸邨（第七章）

虚子は、戦後の「研究座談会」で、この句を「かういふ感じは我々の感じと根底から違つてゐる」「写生的でない。写生的な句を強調してゐる我等にとつては門外の句だ」と評しました。また「現代人が今の我をたしかめてゆくところにこれからの俳句がある」という楸邨の俳句観について「さういふ考へもあつていい、唯《ただ》さういふ考へをどうして俳句によつて表はすかといふことが問題ですね」と反応しています（筑紫磐井編著『虚子は戦後俳句をどう読んだか』）。

「研究座談会」には、第十章で触れた高柳重信も取り上げられました。重信の句を虚子は以下のように評しました。「海／押しよせる／河口に／病むは／若き蝙蝠」について「巴《パ》里《リ》の俳諧詩人が嘗《かつ》てかういふのを作つてゐた」。「くるしくて／みな愛す／河口の海色」についてて「かういふ感じは我々にもあります。たゞ、詠はないだけです。もつと明るいものを詠ひます」。「杭のごと／墓／たちならび／打ちこまれ」について「陳腐だと思ふ。斯《か》ういふ考へは、我々の頭に、いくら浮んだかわからない。句にしない許《ばか》りだ」。高柳重信への総評として「いろんなものがあつて、いいと思ふんです。（略）唯、俳句といふ境界線を、どの辺に引くかいふことですね」と述べています（筑紫磐井、前掲書）。

楸邨や重信を論じたとき虚子は八十歳を過ぎていました。「我々の感じと根底から違つてゐる」「我等にとつては門外の句だ」「句にしない許りだ」という言葉尻《じり》を捉えると、自分と俳句観の違う作品に対する拒絶のようにも見えます。そのいつぽうで「さういふ考へもあつていい」「かういふ感じは我々にもあります」「いろんなものがあつて、いいと思ふんです」などと、頭から否定はせず、一つの「詩」として馴染みのない作風の句と向き合おうとする姿勢も見せています。

虚子は概《おおむ》ね「守旧派」として、かつ、すぐれた読み手として、明治から昭和にかけての俳句表現の変化に向き合いました。新しい表現は、ときとして、新しい読み方を要求します。俳句の歴史を問うとき、どんな句が生まれたかだけでなく、その句を誰がどう読んだかにも目を向ける必要があります。

私もまた、一介の作者そして読者として、現在進行中の俳句史の現場に身を置いています。本書は、最近百年ばかりの間に俳句の世界に起こった表現の多様化を読み解こうとした、私なりのささやかな試みです。

本書は「NHKカルチャーラジオ 文学の世界」のテキスト『十七音の可能性～俳句にかける』(二〇一五年、NHK出版)に加筆したものです。本書が成るにあたってお世話になったNHK及びKADOKAWAの皆さまに御礼を申し上げます。

二〇二〇年　夏

本書は二〇一五年四月にＮＨＫ出版から刊行された『ＮＨＫカルチャーラジオ　文学の世界　十七音の可能性～俳句にかける』を改題し、加筆・修正のうえ書籍化したものです。

岸本尚毅（きしもと　なおき）
1961年、岡山県に生まれる。波多野爽波等に師事。俳誌「天為」「秀」同人。著書に句集『舜』（俳人協会新人賞／花神社）他、『高浜虚子 俳句の力』（俳人協会評論賞／三省堂）、『生き方としての俳句』（三省堂）、『角川俳句ライブラリー　俳句のギモンに答えます』（KADOKAWA）、『「型」で学ぶはじめての俳句ドリル』（夏井いつきとの共著、祥伝社）など。「NHK俳句」選者（2018年度）。星野立子新人賞・角川俳句賞の各選考委員および岩手日報・山陽新聞の俳句欄選者を務める。

角川俳句《かどかわはいく》ライブラリー
十七音《じゅうしちおん》の可能性《かのうせい》

2020年 8 月11日　初版発行

著者／岸本尚毅《きしもとなおき》

発行者／青柳昌行

発行／株式会社KADOKAWA
〒102-8177　東京都千代田区富士見2-13-3
電話　0570-002-301（ナビダイヤル）

印刷所／株式会社暁印刷

製本所／本間製本株式会社

●お問い合わせ
https://www.kadokawa.co.jp/（「お問い合わせ」へお進みください）
※内容によっては、お答えできない場合があります。
※サポートは日本国内のみとさせていただきます。
※Japanese text only

定価はカバーに表示してあります。

ISBN 978-4-04-400574-0　C0092

角川俳句ライブラリー

新版　20週俳句入門

藤田湘子

20週で確実に俳句が作れるようになる！
俳人にも愛読者多数、ロングセラーの名著
俳句界の重鎮・藤田湘子が、長年の俳句指導から得た4つの基本形式を活用して俳句の早期上達法を伝授。初心者に最適の方法で、20週で確実に俳句が作れるようになる、俳句入門の決定版！

ISBN978-4-04-621283-2

角川俳句ライブラリー

新版 実作俳句入門

藤田湘子

俳句上達の秘法を伝授する第2弾！
明解な実例が役立つ、俳句入門の実作編。

文体はわかりやすく、内容は高度なところを目指した実践的な俳句入門。長年の実作体験と俳句指導を背景に、作句のテクニックを適切な例句を用いて公開し、様々な上達法や技法を解き明かす。

ISBN978-4-04-652606-9